O RECADO DO MORRO

João Guimarães Rosa

O RECADO DO MORRO

São Paulo
2021

Copyright dos Titulares dos Direitos Intelectuais de JOÃO
GUIMARÃES ROSA: "V Guimarães Rosa Produções Literárias";
"Quatro Meninas Produções Culturais Ltda." e "Nonada Cultural Ltda."
1ª Edição, Nova Fronteira, 2007
1ª Edição, Global Editora, São Paulo 2021

Jefferson L. Alves – diretor editorial
Gustavo Henrique Tuna – gerente editorial
Flávio Samuel – gerente de produção
Juliana Campoi – coordenadora editorial
Adriana Bairrada – revisão
Valmir S. Santos – diagramação
Soud – ilustração de capa
Fabio Augusto Ramos – projeto gráfico

DADOS INTERNACIONAIS DE CATALOGAÇÃO NA PUBLICAÇÃO (CIP)
(CÂMARA BRASILEIRA DO LIVRO, SP, BRASIL)

Rosa, João Guimarães, 1908-1967
   O recado do morro / João Guimarães Rosa. – São Paulo :
Global Editora, 2021.

   ISBN 978-65-5612-155-0

   1. Contos brasileiros I. Título.

21-69730   CDD-B869.3
Índices para catálogo sistemático:
1. Contos : Literatura brasileira   B869.3
Cibele Maria Dias - Bibliotecária - CRB-8/9427

Global Editora e Distribuidora Ltda.
Rua Pirapitingui, 111 — Liberdade
CEP 01508-020 — São Paulo — SP
Tel.: (11) 3277-7999
e-mail: global@globaleditora.com.br

 globaleditora.com.br   /globaleditora

 blog.globaleditora.com.br   /globaleditora

 /globaleditora   /globaleditora

 /globaleditora

 Direitos reservados.
Colabore com a produção científica e cultural.
Proibida a reprodução total ou parcial desta obra
sem a autorização do editor.

Nº de Catálogo: **4510**

> — Morro alto, morro grande,
> me conta o teu padecer.
> — Pra baixo de mim, não olho;
> p'ra cima, não posso ver...

(Contracanção. *Peça pseudofolclórica.*)

Sem que bem se saiba, conseguiu-se rastrear pelo avesso um caso de vida e de morte, extraordinariamente comum, que se armou com o enxadeiro Pedro Orósio (também acudindo por Pedrão Chãbergo ou Pê-Boi, de alcunha), e teve aparente princípio e fim, num julho-agosto, nos fundos do município onde ele residia; em sua raia noroesteã, para dizer com rigor.

Desde ali, o ocre da estrada, como de costume, é um S, que começa grande frase. E iam, serra-acima, cinco homens, pelo espigão divisor. Dia a muito menos de meio, solene sol, as sombras deles davam para o lado esquerdo.

Debaixo de ordem. De guiador — a pé, descalço — Pedro Orósio: moço, a nuca bem feita, graúda membradura; e marcadamente erguido: nem lhe faltavam cinco centímetros para ter um talhe de gigante, capaz de cravar de engolpe em qualquer terreno uma acha de aroeira, de estalar a quatro em cruz os ossos da cabeça de um marruás, com um soco em sua cabeloura, e de levantar do chão um jumento arreado, carregando-o nos braços por meio quilômetro, esquivando-se de seus côices e mordidas, e sem nem por isso afrouxar do fôlego de ar que Deus empresta a todos.

Seguindo-o, a cavalo, três patrões, entrajados e de limpo aspecto, gente de pessôa. Um, de fora, a quem tratavam por seo Alquiste ou Olquiste — espigo, alemão-rana, com raro cabelim barba-de-milho e cara de barata descascada. O sol faiscava-lhe nos aros dos óculos, mas, tirados os óculos, de grossas lentes, seus olhos se amaciavam num

O recado do morro

aguado azul, inocente e terno, que até por si semblava rir, aos poucos se acostumando com a forte luz daqueles altos. Calçava botas cor de chocolate, de um novo feitío; por cima da roupa clara, vestia guarda-pó de linho, para verde; traspassava a tiracol as correias da codaque e do binóculo; na cabeça um chapéu-de-palha de abas demais de largas, arranjado ali na roça. Enxacôco e desguisado nos usos, a tudo quanto enxergava dava um mesmo engraçado valor: fosse uma pedrinha, uma pedra, um cipó, uma terra de barranco, um passarinho atôa, uma môita de carrapicho, um ninhol de vêspos.

Segundo, um frade louro — frei Sinfrão — desses de sandália sem meia e túnica marrom, que têm casa de convento em Pirapora e Cordisburgo. Também trazia, sobre o hábito, um guarda-pó, creme; e punha chapéu branco, de pano mole. Relia o breviário, assim mesmo montado, e fumava charuto. Falava completo a língua da gente, porém sotaqueava.

Com eles, seo Jujuca do Açude, fazendeiro de gado, e filho de fazendeiro, de seu Juca Vieira, com apelido seu Juca do Açude, da Fazenda do Açude, para lá atrás do Saco do Sãjoão.

Derradeiro, outro camarada — a cavalo esse, e tangendo os burros cargueiros —: um Ivo, Ivo de Tal, Ivo da Tia Merência.

De seu, o guia Pedro Orósio preferisse mesmo viajar a pé, ou talvez, culpa de seu tamanho, nem acharia cavalgadura que lhe assentasse. Mas ele era um sete-pernas. Abrindo passo muito extenso e ligeiro, e, tão forçoso, de corpo nunca se cansava. Por mais, aqueles ali não estavam apurados, iam jornada vagarosa. O louraça, seo Alquiste, parecia querer remedir cada palmo de lugar, ver apalpado as grutas, os sumidouros, as plantas do caatingal e do mato. Por causa, esbarravam a toda hora, se apeavam, meio desertavam desbandando da estrada-mestra.

João Guimarães Rosa

De feito, diversa é a região, com belezas, maravilhal. Terra longa e jugosa, de montes pós montes: morros e corovocas. Serras e serras, por prolongação. Sempre um apique bruto de pedreiras, enormes pedras violáceas, com matagal ou lavadas. Tudo calcáreo. E elas se roem, não raro, em formas — que nem pontes, torres, colunas, alpendres, chaminés, guaritas, grades, campanários, parados animais, destroços de estátuas ou vultos de criaturas. Por lá, qualquer voz volta em belo eco, e qualquer chuva suspende, no ar de cristal, todo tinto arco-íris, cor por cor, vivente longo ao solsim, feito um pavão. Umas redondas chuvas ácidas, de grande diâmetro, chuvas cavadoras, recalcantes, que caem fumegando com vapor e empurram enxurradas mão de rios, se engolfam descendo por funis de furnas, antros e grotas, com tardo gorgôlo musical. Nos rochedos, os bugres rabiscaram movidas figuras e letras, e sus se foram. Pelas abas das serras, quantidades de cavernas — do teto de umas poreja, solta do tempo, a aguinha estilando salôbra, minando sem-fim num gotêjo, que vira pedra no ar, se endurece e dependura, por toda a vida, que nem renda de torrõezinhos de amêndoa ou fios de estadal, de cera-benta, cera santa, e grossas lágrimas de espermacete; enquanto do chão sobem outras, como crescidos dentes, como que aquelas sejam goelas da terra, com boca para morder. Criptas onde o ar tem corpo de idade e a água forma pele muito fria, e a escuridão se pega como uma coisa. Ou lapinhas cheias de morcêgos, que juntos chiam, guincham, porfiam. Largos ocos que servem de malhador ao gado, no refrio das noites, ou de abrigo durante as tempestades. Lapas, com salitrados desvãos, onde assiste, rodeada de silêncios e acendendo globos olhos no escuro, a coruja-branca-de-orêlhas, grande mocho, a estrige cor de pérolas — *strix perlata*. Cafurnas em que as andorinhas parte do ano habitam, fazendo ninho, pondo e tirando cria, depois se somem em bandos

O recado do morro   11

por este mundo, deixaram lá dentro só a ruiva molêja, às rumas, e sua ardida cheiração. Fim do campo, nas sarjetas entremontãs das bacias, um ribeirão de repente vem, desenrodilhado, ou o fiúme de um riachinho, e dá com o emparedamento, então cava um buraco e por ele se soverte, desaparecendo num emboque, que alguns ainda têm pelo nome gentio, de anhanhonhacanhuva. Vara, suterrão, travessando para o outro sopé do morro, ora adiante, onde rebrota desengulido, a água já filtrada, num bilo-bilo fácil, logo se alisando branca e em leves laivos se azulando, que qual pôlpa cortada de cajú. E mesmo córregos se afundam, no plão, sem razão, a não ser para poderem cruzar intactos por debaixo de rios, e remanam do túnel, ressurtindo, longe, e depressa se afastam, seguindo por terem escolhido de afluir a um rio outro. E lagôazinhas, em pontos elevados, são ao contrário de todas: se enchem na seca, e tempo-das-águas se esvaziam, delas mal se sabe. E nas grutas se achavam ossadas, passadas de velhice, de bichos sem estatura de regra, assombração deles — o megatério, o tigre-de-dente-de-sabre, a protopantera, a monstra hiena espélea, o páleo-cão, o lobo espéleo, o urso-das-cavernas —, e homenzarros, duns que não há mais. Era só cavacar o duro chão, de laje branca e terra vermelha e sal. Montes de ossos, de bichos que outros arrastavam para devorar ali, ou que massas d'água afogaram, quebrando-os contra as rochas, quando às manadas eles queriam fugir, se escondendo do Dilúvio. Agora, pelas penedias, escalam cardos, cactos, parasitas agarrantes, gravatás se abrindo de flores em azul-e-vermelho, azagaias de piteiras, o páu-d'óleo com raízes de escultura, gameleiras manejando como alavancas suas sapopemas, rachando e estalando o que acham; a bromélia cabelos-do-rei, epífita; a chita — uma orquídea; e a catleia, sofredora, rosíssima e rôxa, que ali vive no rosto das pedras, perfurando-as. Papagaios rouco gritam: voam em amarelo, verdes. Vez em vez, se esparrama um grupo de anús, coracoides, que piam pingos choramingas. O caracará surge, pousando perto da gente, quando menos se espera — um graviãoão vistoso, que gutura. Por resto, o mudo passar alto dos urubús, rodeando, recruzando —; pela guisa esses sabem o que-há-de-vir.

Ao dito, seu Olquiste estacava, sem jeito, a cavalo não se governava bem. Tomava nota, escrevia na caderneta; a caso, tirava retratos. A gameleira grande está estrangulando com as raízes a paineira pequena! — ele apreciava, à exclama. Colhia com duas mãos a ramagem de qualquer folhinha campã sem serventia para se guardar: de marroio, carqueja, sete-sangrias, amorzinho-seco, pé-de-perdiz, joão-da-costa, unha-de-vaca-rôxa, olhos-de-porco, copo-d'água, língua-de-tucano, língua-de-teiú. Uma hora, revirou a correr atrás, agachado, feito pegador de galinha, tropeçando no bamburral e espichando tombo, só por ter percebido de relance, inho e zinho, fugido no balango de entre as moitas, o orobó de um nhambú. Outramão, ele desenhava, desenhava: de tudo tirava traço e figura leal. Daquelas cumeeiras, a vista vai de bela a mais, dos lados, se alimpa, trêze, quinze, vinte, trinta léguas lonjura. — "Dá açôite de se ajoelhar e rezar..." — ele falou. Dava. E sorria de ver, singular, elas trepando pela reigada da vertente, as labaredas verdes dum canavial. Saudou, em beira de capão, um tamanduá longo, saído em seu giro incerto; se não o segurassem, ia lá, aceitava o abraço? Mas bastantemente assentava no caderno, à sua satisfação. Quando não provia melhor coisa, especulava perguntas; frei Sinfrão, que se entendia na linguagem dele, repetia:

— Quer saber donde você é, Pedrão. Se você nasceu aqui?

Não. Pê-Boi era de mais afastado, catrumano, nato num povoadim de vereda, no sertão dos campos-gerais. Homem de brejo de buritizal entre chapadas arenosas, terra de rei-trovão e gado bravo.

O recado do morro

E, mesmo agora, só se ajustara de vir com a comitiva era porque tencionavam chegar, mais norte, até ao começo de lá, e ele aproveitava, queria rever a vaqueirama irmã, os de chapéu-de-couro, tornar a escutar os sofrês cantando claro em bando nas palmas da palmeira; pelo menos pisar o chapadão chato, de vista descoberta, e cheirar outra vez o resseco ar forte daqueles campos, que a alma da gente não esquece nunca direito e o coração de geralista está sempre pedindo baixinho. Porque Pedro Orósio não era serviçal de seu Juca do Açude — ele trabucava forro, plantando à meia sua rocinha, colhia até cana e algodão.

— Se você é solteiro ou casado, Pedro?

E frei Sinfrão mesmo sabia, já respondia, jocoso, linguajando. Que o Pedro era ainda teimoso solteiro, e o maior bandoleiro namorador: as moças todas mais gostavam dele do que de qualquer outro; por abuso disso, vivia tirando as namoradas, atravessava e tomava a que bem quisesse, só por divertimento de indecisão. Tal modo que muitos homens e rapazes lhe tinham ódio, queriam o fim dele, se não se atreviam a pegá-lo era por sensatez de medo, por ele ser turuna e primão em força, feito um touro ou uma montanha. Aquele mesmo Ivo, que evinha ali, e que de primeiro tão seu amigo fora, andava agora com ele estremecido, por conta de uma mocinha, Maria Melissa, do Cuba, da qual gostavam. E, a causa de outras, delas nem se lembrava, ali em Cordisburgo tinha o Dias Nemes, famanaz, virado contra ele no vil frio de uma inimizade, capaz de tudo. Com frequência, Pedro Orósio tirava do bolso um espelhinho redondo: se supria de se mirar, vaidoso da constância de seu rosto.

— E quando é que você toma juízo, Pedro, e se casa?

Todos riam. Até o Ivo, que ria fazia, destornado. Seu Alquiste quis bater uma fotografia de Pedro Orósio: recomendou que ele ficasse teso, descidos os braços. — "Grande... Muito grande..." — falou. — "Bom para soldado!" De por si sem acanhamento nenhum, antes saído, e mais ainda se espiritando com aquele regozijo geral, o Pedro prosapiou graça de responder, sem quebra de respeito — que perguntassem ao outro se na terra dele as moças eram bonitas, pois gostava era de se casar com uma assim: de cara rosada, cabelo amarelo e olho azul...

Seo Alquiste, quando o frade a entendeu para ele, apreciou muito a parlada, e mesmo disse um ditado, lá na língua: que um quer salada fina e outro quer batata com a casca... Porque ele, seo Olquiste, premiava para si, se pudesse, era casar com uma mulata daqui, uma dessas quase pretas de tão rôxas... E então o Ivo, lá de trás, encolhido na sela mas forcejando por espevitar bôa-cara, à refalsa, também disse: — "A bom, amigo Pedro, quem sabe ele havéra de querer te levar, por conhecer a cidade dele?"

E Pedro Orósio, subido em sua fiúza, dava resposta de claro rosto. Tinha medo de ninguém, assim descarecia de fígado ou peso de cabeça para guardar rancor. Contentava-o ver o Ivo abrir paz; coisa que valia neste mundo era se apagarem as dúvidas e quizílias. Toda desavença desmanchava o agradável sossego simples das coisas, rendia até preguiça pensar em brigar. Nunca desgostara do Ivo, e, quando mesmo, ali era o Ivo o único de sua igualha, a próprio, e a gente sentia falta de algum companheiro, para se entreter presença de conversa; do contrário a viagem ficava aborrecida. Outros eram os outros, de bom trato que fossem: mas, pessôas instruídas, gente de mando. E um que vive de seu trabalho braçal não cabe todo avontade junto com esses, por eles pago.

De qualidade também que, os que sabem ler e escrever, a modo que mesmo o trivial da ideia deles deve de ser muito diferente. O seo

Alquiste, por um exemplo, em festa de entusiasmo por tudo, que nem uma criança no brincar; mas que, sendo sua vez, atinava em pôr na gente um olhar ponteado, trespassante, semelhando de feiticeiro: que divulgava e discorria, até adivinhava sem ficar sabendo. Ou o frade frei Sinfrão, sempre rezando, em hora e folga, com o terço ou no missalzinho; mas rezava enormes quantidades, e assim atarefado e alegre, como se no lucrativo de um trabalho, produzindo, e não do jeito de que as pessôas comuns podem rezar: a curto e com distração, ou então no por-socôrro de uma tristeza ansiada, em momentos de aperto. Por isso tudo, aqueles a gente nem conseguia bem entender. Mesmo o seo Jujuca do Açude, rapaz moço e daqui, mas com seus estudos da lida certa de todo plantio de cultura, e das doenças e remédios para o gado, para os animais. Pois seo Jujuca trazia a espingarda, caçava e pescava; mas, no mais do tempo, a atenção dele estava no comparar as terras do arredor, lavoura e campos de pastagem, saber de tudo avaliado, por onde pagava a pena comprar, barganhar, arrendar — negociar alqueires e novilhos, madeiras e safras; seo Jujuca era um moço atilado e ambicioneiro.

Do que eles três falavam entre si, do muito que achavam, Pedro Orósio não acertava compreender, a respeito da beleza e da parecença dos territórios. Ele sabia — para isso qualquer um tinha alcance — que Cordisburgo era o lugar mais formoso, devido ao ar e ao céu, e pelo arranjo que Deus caprichara em seus morros e suas vargens; por isso mesmo, lá, de primeiro, se chamara Vista-Alegre. E, mais do que tudo, a Gruta do Maquiné — tão inesperada de grande, com seus sete salões encobertos, diversos, seus enfeites de tantas cores e tantos formatos de sonho, rebrilhando risos na luz — ali dentro a gente se esquecia numa admiração esquisita, mais forte que o juízo de cada um, com mais glória resplandecente do que uma festa, do que uma igreja.

Não, bronco ele não era, como o Ivo, que nem tinha querido entrar, esperara cá fora: disse que já estava cansado de conhecer a Lapa. Mas, daquilo, daquela, ninguém não podia se cansar. Ah, e as estrelas de Cordisburgo, também — o seo Olquiste falou — eram as que brilhavam, talvez no mundo todo, com mais agarre de alegria.

Pedro Orósio achava do mesmo modo lindeza comum nos seus campos-gerais, por saudade de lá, onde tinha nascido e sido criado. Mas, outras coisas, que seo Alquiste e o frade, e seo Jujuca do Açude referiam, isso ficava por ele desentendido, fechado sem explicação nenhuma; assim, que tudo ali era uma Lundiana ou Lundlândia, desses nomes. De certo, segredos ganhavam, as pessoas estudadas; não eram para o uso de um lavrador como ele, só com sua saúde para trabalhar e suar, e a proteção de Deus em tudo. Um enxadeiro, sol a sol debruçado para a terra do chão, de orvalho a sereno, e puxando toda força de seu corpo, como é que há de saber pensar continuado? E, mesmo para entender ao vivo as coisas de perto, ele só tinha poder quando na mão da precisão, ou esquentado — por ódio ou por amor. Mais não conseguia.

Agora, o que o tirava, era o garantido de voltar por um pouco aos Gerais, até lá iam, para lá guiava. E chegariam aos Gerais quase sem necessidade de se apear das serras em seu avanço: uma emendada com outra, primeiro aquelas com pedreiras; depois as com cristais recortados; depois, os escalvados, de chão rosado e gretado, dos "alegres" e "campinas"; enfim, depois as serras areentas: e a gente dava com a primeira grande vereda — os buritis saudando, levantantes, sempre tinham estado lá, em sinal e céu, porque o buriti é mais vivente.

Entrementes, ia cantando. Gostava. Canta-cantando, surdino, para não incomodar os grandes nem os escandalizar com toadas assim: "... *Jararaca, cascavel, cainana... Cunhão de um gato, cunhão de um rato..."* — a qual cantarolava, parecia um sobredizer de maluco. Moda de copla ouvida do Laudelim, que era dono de tudo que não possuísse, até aproveitava a alegria dos outros — trovista, repentista, precisando de viver sempre em mandria e vadiice, mas mais gozando e sofrendo por seu violão; apelido dele era Pulgapé. Fazia tempo que Pedro Orósio não o via. Mas era, quem sabe, o único amigo seguro que lhe restasse, agora que quase todos os companheiros estavam de volta com ele e lhe franziam cara, por meia-bobagem de ciúmes.

Ainda na véspera, na Fazenda do Saco-dos-Côchos, de seo Juca Saturnino, onde tinham falhado, aparecera o Maral, primo do Ivo, os dois resumiram muita conversa apartada. O Maral, outro que mal-escondia o ferrão. Sujeito feioso e lero, focinhudo como um coatí. Então era ele, Pedro, quem devia crime, por as moças não quererem saber de namoro com esse? Em todo o caso, melhor estava que o Ivo retornasse às bôas. A vida era curta para nela se trabalhar e divertir; para que tantas dificuldades?

Prazia caminhar, isto sim, e estava sendo bem gratificado. Cantava ou assoviava, e, pé-dobro, puxava estrada. Ajeitava a calça preta de zuarte, desbotada mas bem arregaçada, por não poir a barra da roupa; dobrava-a para dentro, para não ajuntar poeira. E, os pés de sola grossa, experimentava-os firme em qualquer chão.

O céu não tinha fim, e as serras se estiravam, sob o esbaldado azul e enormes nuvens oceanosas. Ora os cavaleiros passavam por um socalco, entre uma quadra de pedreira avançante, pedra peluda, e o despenhadeiro, uma frã altíssima. Eles seguiam Pedro Orósio; era vaqueão, nele se fiavam. Ia bem na dianteira. Aquele elevado moço, sem paletó, a camisa furada, um ombro saindo por um buraco; terminando, de velho, seu chapéu-de-palha: copa e círculo, com o rego côncavo; e à cintura a garrucha na capa, e um facão; ia,

18   *João Guimarães Rosa*

a longo. — "Sansão..." — disse seo Alquiste. Fazia agrado ver sua bôa coragem de pisar, seu decidido arranque.

E assim seguiam, de um ponto a um ponto, por brancas estradas calcáreas, como por uma linha vã, uma linha geodésica. Mais ou menos como a gente vive. Lugares. Ali, o caminho esfola em espiral uma laranja: ou é a trilha escalando contornadamente o morro, como um laço jogado em animal. Queriam subir, e ver. O mundo disforme, de posse das nuvens, seus grandes vazios. Mas, com brevidade, desciam outra vez. Saíram a onde a estrada é reta, bom estirão. Até que, a pouco trecho, enxergavam, adiante uma pessôa caminhando.

Um homenzinho terém-terém, ponderadinho no andar, todo arcáico.

— "É o Gorgulho..." — o Pê-Boi disse.

Quem? Um velhote grimo, esquisito, que morava sozinho dentro de uma lapa, entre barrancos e grotas — uma urubuquara — casa dos urubús, uns lugares com pedreiras. O nome dele, de verdade, era Malaquias.

E ia o Gorgulho direito bem no meio da estrada, parecia um garatujo, um desses calungas pretos, ou carranquinha escoradora de veneziana. Tinha um surrão a tiracolo, e se arrimava em bordão ou manguara. Como quase todo velho, andava com maior afastamento dos pés; mas sobranceava comedimento e estúrdia dignidade.

Devia de ouvir pouco, pois a comitiva já quase o alcançara e ele ainda não dera por isso. Ora, pela calada do dia, ali é lugar de muito silêncio. Assim que, o Gorgulho calçava alpercatas, sua roupa era de sarja fusca, formato antigo — casacão comprido demais, com gualdrapas; uma borjaca que de certo tinha sido de dono outro — mas limpa, sem desalinho nenhum; via-se que ele fazia questão de estar

O recado do morro　　19

composto, sem em ponto algum desleixar-se. E o que empunhava era uma bengala de alecrim, a madeira rôxo-escura, quase preta.

E, nisso, de arranco, ele esbarrou, se desbraçando em gestos e sestros, brandindo seu cacete. Fazia espantos. Falou, mesmo, voz irada, logo ecfônico:

— Eu?! Não! Não comigo! Nenhum filho de nenhum... Não tou somando!

Tomou fôlego, deu um passo. Sem sossegar:

— Não me venha com loxías! Conselho que não entendo, não me praz: é agouro!

E mais gritava, batendo com o alecrim no chão:

— Ôi, judengo! Tu, antão, vai p'r'as profundas!...

De tanta maneira, sincera era aquela fúria. Silenciou. E prestava atenção toda, de nariz alto, como se seu queixo fosse um aparêlho de escuta. Ao tempo, enconchara mão à orêlha esquerda.

Alguém também algo ouvira? Nada, não. Enquanto o Gorgulho estivera aos gritos, sim, que repercutiam, de tornavoz, nos contrafortes e paredões da montanha, perto, que para tanto são dos melhores aqueles lanços. Agora e antes, porém, tudo era quieto.

— "Que foi que foi, seu Malaquia?" — já ao lado dele Pedro Orósio indagava.

Apenas no instante o Gorgulho percebia-os. Voltou-se. Mas não respondeu. Empertigou-se, saudando circunspecto; tudo nele era formal. Até a barba branco-amarela, só na orla do rosto, chegando ao cabelo. Pedro Orósio teve de apresentá-lo, a cada um, e ele cumpria sério o cumprimento, com vagar — a frei Sinfrão beijou a mão, mencionando Jesus Cristo. Se descobrira e segurava o chapéu, pigarreando e aprovando, com lentos anuídos, a boa presença daquelas pessôas. Mas a gente notava quanto esforço ele fazia para se conter, tanta perturbação ainda o agitava.

— "H'hum... Que é que o morro não tem preceito de estar gritando... Avisando de coisas..." — disse, por fim, se persignando e rebenzendo, e apontando com o dedo no rumo magnético de vinte e nove graus nordeste.

Lá — estava o Morro da Garça: solitário, escaleno e escuro, feito uma pirâmide. O Gorgulho mais olhava-o, de arrevirar bogalhos; parecia que aqueles olhos seus dele iam sair, se esticar para fora, com pedúnculos, como tentáculos.

— "Possível ter havido alguma coisa?" — frei Sinfrão perguntava. — "Essas serras gemem, roncam, às vezes, com retumbo de longe trovão, o chão treme, se sacode. Serão descarregamentos subterrâneos, o desabar profundo de camadas calcáreas, como nos terremotos de Bom-Sucesso... Dizem que isso acontece mais é por volta da lua-cheia..."

Mas, não, ali ilapso nenhum não ocorrera, os morros continuavam tranquilos, que é a maneira de como entre si eles conversam, se conversa alguma se transmitem. O Gorgulho padeceria de qualquer alucinação; ele que até era meio surdo. E Pedro Orósio, que semelhava ainda mais alteado, ao lado assim daquele criaturo ananho, mostrava grande vontade de rir. O Gorgulho ainda afirmava a vista, enquanto engulia em seco, seu gogó sobe-descia.

— "E que foi que o Morro disse, seu Malaquias, que mal pergunto?" — seo Jujuca quis saber.

— Pois, hum... Ao que foi que ele vos disse, meu senhor? Ossenhor vossemecê, com perdão, ossenhor não está escutando? Vigia ele-lá: a modo e coisa que tem paucta...

Muito mais longe, na direção, outras montanhas — sendo azul a Serra da Diamantina. Sobre essa, o estender-se de estratos. Depois, lã puxada por grandes mãos, sempre nuvens ursas giganteiam. E aqui

O recado do morro

perto, de repente, se traçou o rápido nhar de um gavião, passando destombado, seu sol nas asas chumbo: baixava para a bacia, para as restingas de mato.

— E-ê-ê-ê-ê-ê-eh, morro!... — bradou então Pê-Boi, por desfastio. Mas fazendo à moda certa de ecar do povo roceiro serrâino, por precisão de se chamarem pelo ermo de distâncias, monte a monte: alongando *o eh*, muito agudo, a toda a garganta, e dando curto com o nome final, tal uma martelada, que quase não se ouve — só o seu dono entende.

Perspeito, em seu pousado, o da Garça não respondia, cocuruto. Nem ele, nem outro, aqui à esquerda, próximo, superno, morro em mama erguida e corcova de zebú.

Aí de, já se arapuava o Gorgulho, mestre na desconfiança. Com um modo próprio de querer rodar com o nariz e revolvendo as magras bochechas. Dele, ôi, ninguém zombava gracejo, que era homem se prezando, forte zangadiço. Piscava redobrado, e para a beira da estrada se ocupou, esperando que os outros passassem e se fossem — fazia por viajear fora de companhia.

— *O! Ack!* — glogueou seo Olquiste, igual um pato. Queria que o Gorgulho junto viesse. — *Troglodyt? Troglodyt?* — inquiria, e, abrindo grande a boca, rechupava um *ooh!*... Quase se despencando, desapeou. Frei Sinfrão e seo Jujuca desmontaram também.

O Gorgulho persistia calado, amarrada a cara. Gastara voz, saíra de si, agora estava aquietado, cansado quem-sabe. De tão alto em sua estima, e cerimonioso, ganhava meia parecença com algum bicho, que nunca demuda de suas praxes. Enquanto seo Alquiste se afadigava, como com certo susto de que o homenzinho fosse escapulir. E frei Sinfrão caçoava e se afligia, repartido no receio de que seo Olquiste se desgostasse, mas também de que pudesse obrar alguma maior inconveniência. E seo Jujuca se tolhia, no dever de que tudo se arranjasse a gosto de seus hóspedes. Seo Jujuca se aborrecia. Nunca de seguro imaginara que um divertido de gente como aquele Gorgulho — que nem casa tinha, vivia numa gruta, perto dos urubús, definito sozinho — que pudesse se encoscorar, assim, se dando tanto valor. E Pedro Orósio mais o Ivo tinham de tomar em si parte dessas tribulações, conforme aos empregados serve. Só mesmo o Gorgulho era ali quem resguardava sua inteireza.

Mas Pedro Orósio tocou ajuda: — "Ele gosta de mim" — disse. — "É meu amigo..." —; e, sem pau nem pedra, fez o velhouco vir à fala, repedindo, nome do frade, que ele quisesse de bem se chegar e emparelhar caminhada.

Pelo que, ele concordando, tiveram de ir dali por diante todos a pé e a contados passos, visto que o Gorgulho, a-prazer-de se empenhando, sempre não passava de um poupado andarilho. Nem nenhum deles ria, a que à menor menção de troça o Gorgulho subia no siso, homem de topete. Dôido, seria? — "Não. Ele, no que é, é é pirrônico, dado a essas manias... Que parece foi querer morar independente em oco de pedreira, só p'ra ser orgulhoso, longe de todos. E não perdeu o bom-uso de qualquer sociedade..." Pedro Orósio podia explicar isso, baixinho, ao seo Jujuca, dês que o Gorgulho escutava reduzido. Mas ele respondia às perguntas, sempre depois de matutar seu pouco, retorcendo o nariz e bufando fraco. A fala dele era que não auxiliava o se entender — às vezes um engrol fanho, ou baixando em abafado nhenhenhém, mas com partes quase gritadas. Em cada momento, espiava, de revés, para o Morro da Garça, posto lá, a nordeste, testemunho. Belo como uma palavra. De uma feita, o Gorgulho levou os olhos a ele, abertamente, e outra vez se benzeu, tirado o chapéu; depois, expediu um esconjuro, com a mão canhota. Frei Sinfrão recomendava a seo Alquiste que agora deixasse de tomar notas na caderneta.

O recado do morro

Passando-se assim estas coisas, discorriam de ficar sabendo, melhor, que o Gorgulho residia, havia mais de trinta anos, na dita furna, uma caverna a cismôrro, no ponto mais brenhoso e feio da serra grande. Lapinha antes anônima, ou "Lapa dos Urubús", mas agora chamada a "Lapinha do Gorgulho". Santo de sozinho de santo: nunca tivera vontade de se casar — "Ossenhor saiba: nem conjo, nem conja — méa razão será esta..." Mesmo o motivo dessa sua viagem era ir de visita ao seu irmão Zaquias, morador tão lontão, também numa gruta pequena, pegada com a Lapa do Breu, rumo a rumo com a Vaca-em-Pé. Porque tinha tido sabença de que o Zaquia andava imaginando se casar. E então ele achava obrigação de aviso de deixar seus trabalhos, por uns dias, e vir reconselhar o irmão, tivesse juizo, considerasse, as paciências, não estava mais em éra de pensar em mulher. E, desse modo, pondo em efeito.

Afora causa tão precipitada, só de longes mêses, não mais de uma vez na roda do ano, era que um deles resolvia, deixava sua gruta, e espichava estrada, por mor de vir ver o outro irmão lapuz. — "Mas, por que não moram juntos?" — "Ossenhor disse?..." — e o Gorgulho fitava o frade, espantado com o despropósito.

Porém seo Olquiste queria saber como era a gruta, por fora e por dentro? Seria bôa no tamanho, confortosa, com três cômodos, dois deles clareados, por altos suspiros, abertos no paredão. O salão derradeiro é que era sempre escuro, e tinha no meio do chão um buraco redondo, sem fundo de se escutar o fim duma pedra cair; mas lá a gente não precisava de entrar — só um casal de suindaras certos tempos vinha, ninhavam, esse corujão faz barulho nenhum. Respeitava ao nascente. A boca da entrada era estreita, um atado de feixes de capim dava para se fechar, de noite, mode os bichos. E tinha até trastes: um banco, um toco de árvore, um caixote e uma barrica de bacalhau. E tinha pote d'água. Dormir, ele dormia numa esteira. Vivia no seu sossego.

E de que vivia? Plantava sua roça, colhia: — "A gente planta milho, arroz, feijão, bananeira, abobra, mandioca, mendobí, batata--dôce, melancia..." Roça em terra geradora, ali perto, sem possessão de ninguém, chão de cal, dava de tudo. Que ele tinha sido valeiro, de profissão, em outros tempos... — emendava baixinho Pedro Orósio. Abria valos divisórios. Trabalhava e era pago por *varas*: prêço por varas. Pago a pataca. Fechou estes lugares todos. — "Fechei!" — ele mesmo dizia. Contavam que ainda tinha guardado bom dinheiro, enterrado, por isso fora morar em gruta: tudo em meias-patacas e quarentas, moedões de cobre zinhavral. Com a mudança dos usos, agora se fazia era cerca-de-arame, ninguém queria valos mais; ele teve de mudar de rumo de vida. Cultivava seu de comer. E punha esparrelas para caça, sabia cavar fôjo grande; por redondo ali, dava muita paca: nem bem vê uma semana, tinha pegado em mundéu uma paca amarela, dona de gorda. Só pelo sal, e por se servir de mercê de alguma roupa ou chapéu velho, era que ele surgia, vez em raro, em fazenda ou povoado. Trazia frutas, também fazia os balaios, mestre no interteixo. Dizia: — "Também faço balaio... Ossenhor fica com o balaio... Também faço balaio... Também faço balaio..."

Mas, nesse entremeio, baixando o lançante, chegavam a um lugar sombroso, sob muralha, e passado ao fresco por um riachinho: eis, eis. Um regato fluifim, que as pedras olham. Mas que mais adiante levava muito sol. Do calcáreo corroído subia e se desentortava velha gameleira, imensa como um capão de mato. Espaçados, no chão, havia cardos, bromélias, urtigas. Do mundo da gameleira, vez que outra se ouvia um trinço de passarinho. Ali fizeram estação, para a hora de comer.

O recado do morro

Dado um lombo aos cavalos, estes pegavam a pastar, nas bocâinas do barranco, um melôso ressalvado da seca e entrançado, cheirando bom, com seus óleos e seus pelos. Pedro Orósio ia ajuntar galhos de graveto, acolá, debaixo dos pés de itapicurú; acendia o foguinho, coava café. Dava prevenção: de repente, uma laje daquelas, da trempe, podia estalar, rachada se esquentando, com bruto rumor. Tinham queijo, biscoitos, farinha, e carne de porco nevada na banha, numa lata. Todos se assentavam, mesmo no solo, ou em blocos e lascas de pedra, só o Gorgulho como que teimava em ficar de pé, firme em seu próprio todo respeito e escorado em seu alecrim. Rejeitou de tudo, com breves mesuras de cortesia: — "A Deus sejam dadas! E a melhor sustância para Vossências... Nós matulamos inda agorinha..." — falou. — "Estará ele jejuando sua soberba?" — seo Jujuca perguntou, baixo. Mas Pedro Orósio sussurrou esclarecimento, que alguns velhos diziam "nós" assim, que de certo era por eles mesmos e de cada um seu anjo-da-guarda, por mais de.

Por aí, caso e coisa, e já que ele morava dito numa urubuquara, queriam poder saber a respeito de companhia tal, dos urubús, qual era o regimento desses. — "Arre!" — que não era — ele renuía, vez vezes. Não em sua gruta de vivenda, onde assistia. Urubú nenhum lá não entrava, nenhonde. — "Mas, por perto?" — "Por perto, por perto..." Que é que ele podia fazer, por evitar? Urubú vinha lá, zuretas, se ajuntavam, chegavam por de longe, muitos todos, gostavam mesmos daquelas covocas. Que é que ele ia fazer? Ossenhor diga... Amém que, urubú, de seu de si, não arruma perjuízo p'ra ninguém, mais menos p'ra ele, que não tinha criação nenhuma, tinha só lavouras... E o Gorgulho calcava com a ponta da bengala em terra, e grave, de cabeça, afirmava, afirmava.

Todo mesmo, percebeu como reperguntavam, e botou silêncio, desengraçado com isso, não entendendo como pessôas de tão alta distinção pudessem perder seu interesse, em coisa. E só manso a manso foi que Pedro Orósio e frei Sinfrão conseguiram tirar dele notícia daqueles pássaros, o geral deles.

Assaz quase milhares. Que passam tempo em enormes voos por cima do mundo, como por cima de um deserto, porque só estão vendo o seu de-comer. Por isso, despois, precisam de um lugar sinaladamente, que pequeno seja. Para eles, ali era o mais retirado que tinham, fim-de-mundo, cafundó, ninguém vinha bulir em seus ovos. — "Arubú tirou herança de alegre-tristonho..." Tinha hora, subiam no ar, um chamava os outros, batiam asa, escureciam o recanto. Algum ficava quieto, descansando suas penas, o que costuravam em si, com agulha e linha preta, parecia. Careca — mesmo a cabeça e o pescoço são pardos. Mas, bem antes, todos estavam ali, de patuleia, ocasiões de acasalar. Os urubús, sem chapéu, e dansam seu baile. Quando é de namoro, um figurado de dansa, de pernas moles, despés, desesticados como de um chão queimante, num rebambejo assoprado, de quem estaria por se afogar no meio do ar. Ou então, pousados, muito existentes, todos rodeados. Pretos, daquele preto de dar cinzas, um preto que se esburaca e que rouba alguma coisa de vida dos olhos da gente. A chibança, de quando vinham. Chegavam no sol-se-pôr. Vinham magros, vinham gordos... Botavam seus ovos, sem ninho nenhum, nos solapos, nas grotas, nas rachas altas dos barrancos, nos buracões, nas árvores do mato lajeiro. Cada precipício estava cheio de nichos, dentro eles chocavam, punham para fora as cabeças e os pescoços, pretos, de latão. Era até urgente, como espiavam pra um e pra outro lado. Daí, tiravam os filhotes. Então, fediam muito, os lugares. Cada par com seus dois filhos, danados de bonitinhos, primeiro eram plumosos, branquinhos de algodão, por logo iam

O recado do morro   27

ficando lilás. Quando viam a gente, gomitavam: — "Arubú pequeno rumita o tempo todo, toda a vida..." Também é dessa feição assim que pai e mãe botam comida no bico de cada um. Eh, arubuzinho pia como pinto novo: pintos pios...

Se não tinha medo de serem tantos, e ali encostados? Ah, não, eh, eles também têm até regra: uns castigam os outros. Dão pancada, dão um assôrto de guincho, de represensão. Eh, é um reino deles. Tal que, ali no esconso, uns podiam se apartar para morrer, morriam moços, morriam velhos, doença mereciam? Uns escondiam os pés, claros, e abriam as asas, iam encostando as asas, no chão, tempo-de-chuva chovia em cima, urubú virava monturo, se acabava, quase... Mais morre, ou não morre? — "Eu nunca vi arubú morto... Eu nunca vi arubú morto..."

E se tinha, se era verdade, um urubú todinho branco, sempre escondido pelos outros, mas que produzia as ordens? Não, disso o Gorgulho nunca tinha vislumbrado. Pudesse em haver, só se sendo o capêta... Tesconjurava. E a fala deles, uns com os outros? Conversavam? O seu Malaquias entendia? O Gorgulho mais se endireitava, cismado; sua cara era tão suja, sarrosa. Que não nem que sim: nunca tinha vislumbrado. Mas falava. Pela feitura, talvez ele não pudesse ter toda a mão em seu dizer, porquanto tanto esforço punha em não bambear o corpo. Se esdruxulou:

— "Vão pelos mortos... Ofício deles. Vão pelos mortos... Daí em vante. Este morro é bom de vento... Eu sou velho daqui, bruaca velha daqui. A fui morar lá, mò de me governar sozinho. Tenho nada com arubú, não. Assituamento deles. Por este e este cotovelo! Vossemecê ossenhor sabe. Careço de ir dereitamente, levar conselho de corrigimento p'ra meu irmão Zaquia. Por conta de coisa que se diz, que ele quer se casar. Tira meu assossego. Careço de desdizer que não case.

Tá frouxo de juízo? Viagem desta muito me cansa, estou de grandes dias, fora de força, maltreito. Só por ele ser o meu irmão, mais novo. Arreside com ruins vizinhos perto, aprende o mal, ideias. Se casa, casa sem meu agrado: seu quis, seu seja... Vou indo de forasta, tendo minhas obrigações, e, daí, aquele Morro ainda vem gritar recado?! Quer falar, fala: não escuto. Tenho minhas amarguras..."

O Gorgulho, como arrastava as palavras, ao parecer ele se esquecia, num costume de quem morava sozinho e sozinho necessitasse de falar. E, nesse comenos, Pedro Orósio entrava repentino num imaginamento: uma vontade de, voltando em seus Gerais, pisado o de lá, ficar permanecente, para os anos dos dias. Arranjava uns alqueires de mato, roçava, plantava o bonito arroz, um feijãozinho. Se casava com uma moça boa, geralista pelo também, nunca mais vinha embora... Era uma vontade empurrada ligeiro, uma saudade a ser cumprida. Mas pouco durou seu dar de asas, porque a cabeça não sustentou demora, se distraiu, coração ficou batendo somente. Pequenino, um resto de tristeza se queixando por dentro, de transmúsica. Ali o riachinho, por pontas de pedras, parecia correr defugido, branquinho com uma porção de pés. Suaves águas. Da gameleira, o passarim, superlim. E, longe, piava outro passarinho — um sem nome que se saiba — o que canta a toda essa hora do dia, nas árvores do ribeirão: — *"Toma-a-benção-ao-seu-ti-í-o, João!..."*

Mas, enquanto isso, seo Alquiste punha uma atenção aguda, quase angustiada, nas palavras do Gorgulho — frei Sinfrão e seo Jujuca se admiravam: como tinha ele podido saber que agora justamente o Gorgulho estava recontando a doidice aquela, de ter escutado o Morro gritar? Pois falava:

— Que que disse? Del-rei, ô, demo! Má-hora, esse Morro, ásparo, só se é de satanaz, ho! Pois-olhe-que, vir gritar recado assim, que

O recado do morro   29

ninguém não pediu: é de tremer as peles... Por mim, não encomendei aviso, nem quero ser favoroso... Del-rei, dei-rei, que eu cá é que não arrecebo dessas conversas, pelo similhante! Destino, quem marca é Deus, seus Apóstolos! E que toque de caixa? É festa? Só se for morte de alguém... Morte à traição, foi que ele Morro disse. Com a caveira, de noite, feito História Sagrada, del-rei, del-rei!...

— *"Vad? Fara? Fan?"* — e seo Alquiste se levantava. — *"Hom' êst' diz xôiz' imm'portant!"* — ele falou, brumbrum. Só se pelo acalor de voz do Gorgulho ele pressentia. E até se esqueceu, no afã, deu apressadas frases ao Gorgulho, naquela língua sem as possibilidades. O Gorgulho meio se arregalou, e defastou um passo. Mas se via que algum entendimento, como que de palpite, esteve correndo entre ele e o estranjo: porque ele ao de leve sorriu, e foi a única vez que mostrou um sorriso, naquele dia. Os dois se remiravam. Seo Olquiste reconheceu que não podia; e olhou para frei Sinfrão. — *"Chôis' muit' imm'portant?"* — indagou.

Não, não era nada importante, o frade explicou, o quanto pôde. No mais, que o Gorgulho disse, que foi breve, se repetia menos mesmo, continuativo, não havia por onde se acertar. — "É do airado..." — disse seo Jujuca. Nem eram coisas do mundo entendível. De certo o Gorgulho, por sua mania, estava transferindo as palavras. Mais achou, como de relance, que seo Alquiste era capaz de pegar o sentido excogitado; e então afiou boca. Mas, nesse afogo, falando muito depressa, embrulhava tudo, não vencia se desembargar. Só Pedro Orósio às vezes capiscava, e reproduzia para Frei Sinfrão, que repassava revestido p'ra seo Olquiste. E seo Jujuca também auxiliava de falar estrangeiro com frei Sinfrão — mas era vagaroso e noutra toada diferente de linguagem, isso se notava. Mas, depois, toda a resposta de seo Alquiste retornava, *via* o frade e Pê-Boi. Por tanto, todos então estavam nervosos, de tanta conconversa. E o Ivo, que no meio daquilo era o sem-préstimo, glosou qualquer tolice — nem era chacota —, e o Gorgulho expeliu nele um olhar de grandes raivas; e, daí, esbarrou: quis não falar mais nada não.

Ao fim de tanto transtorno, o rosto de seo Alquiste se ensombreceu, meio em decepção; e ele desistiu, foi se sentar outra vez no pedaço de pedra. Só se ouvia o resumo de uma mosca-verde, que passava; o terteré dos animais boqueando seu capim; e o avêxo em chupo do riachim, que estarão frigindo. Também o pássaro da copa da gameleira fufiou. E o outro, o passarinho anônimo, lá em baixo, no morro de árvores pretas do ribeirão: — *Toma-a-benção-ao-seu-ti-ío, Jo-ão!* O resto era o calado das pedras, das plantas bravas que crescem tão demorosas, e do céu e do chão, em seus lugares. O Gorgulho riscava o terreno com a bengala; pigarreou, e perguntou se seo Olquiste não seria algum bispo de outras comarcas, de longes usanças, vestido assim de cidadão?

Mas seo Alquiste pegava no lápis e na caderneta, para lançar os assuntos diversos. Do Gorgulho ninguém queria escarnir, mas todos estavam risãos, porque ele tinha quebrado seu encanto, agora chega caceteava. Aí ele mesmo devia de ter sentido isso, ou notou que o tempo do sol ia avançando. Caso que tirou o chapéu e ofertou as despedidas: carecia de seguir, alcançar de noitinha no seu irmão Zaquias.

— "Ver o outro espelêu, em sua outra espelunca..." — o frade pronunciou. E o Gorgulho pensou que era algum abençoado, e fez o em-nome-do-padre. Seo Olquiste enfiou a mão no bolso, tirou a carteira de dinheiro. — "Olhe, que ele vai não aceitar, com má-criação!" — seo Jujuca observou. Mas, jeito nenhum: o Gorgulho bem recebeu a nota, não-sei-de-quantos mil-réis, bem a dobrou dobradinho, bem melhor guardou, no fundo da algibeira. — "Deus vos dê a bôa paga, por esta espórtula..." — disse mercê.

O recado do morro

A termo que, depois de outra reverência, deles se quitou, subindo por um semideiro, caminhando sem se voltar, firme com o alecrim. À formiga, sumiu-se na ladeira, tapado por uma aresta de rocha e um gravatá — panóplia de muitas espadas presas pelos punhos. Ainda tornou a aparecer, um instante, escuro como um gregotim, que muito sol alumiava, no patamar da serra. E, de vez, se foi.

Trastanto, seo Olquiste se estendeu nos pelêgos, para sestear, segundo uso. O frade desembolsou o rosário, tecendo uma pouca de reza, ali na borda do riacho, cuja água, alegrinha em frio, não espera por ninguém. — "Você sabe o que o lugar aqui está aconselhando, ô Pedro?" — ele pôs. — "Pois para fazer arrependimento dos pecados, p'ra se confessar... Hem? Você está recordado do catecismo?..." Frei Sinfrão se fazia muito ao gracejar com a gente, dava gosto. Rezava como se estivesse debulhando milho em paiol, ou roçando mato. Aquele exemplo aumentava qualquer fé. O Ivo tinha botado as garrafas de cerveja debaixo da correnteza dágua, para refrescarem; entre uma oração e outra, frei Sinfrão bebia um copo cheio.

Mas, porque havia de ter ameaçado com aquilo, de contrição e confissão? Pê-Boi restava perturbado, seu pensamento desobedecia. Aquela hora, nem que quisesse, não podia dar balanço em pecados nenhuns. Frei Sinfrão podia ter começado pelo Ivo. O Ivo que não perdia vaza de adular: fora cortar capim para calçar por baixo dos pelêgos, sempre na esperança de que seo Alquiste ao fim o gratificasse com bom dinheiro. — "Você não quer confessar com o frei, por absolvição, hem Ivo?" "— Ara, tou às ordens..." — o Ivo respondia. A bem dizer, ele não era má pessôa. Ia cuidar dos cavalos.

E Pedro Orósio não podia parar quieto. O estatuto de seu corpo requeria sempre movimentos: tinha de estar trabalhando, ou caminhando, ou caçando como se divertir. Seo Jujuca tinha pegado o binóculo do outro, e vinha até ao fim do lanço da escarpa — onde razoável tempo esteve apreciando: no covão, uma boiada branca espalhada no pasto. Por ali, a gente avistava mais trilhos-de-vaca do que vêiazinhas nas orêlhas de um coelho. No macio do céu, seria bom passar o dedo. — "Você entendeu alguma coisa da estória do Gorgulho, ei Pedro?" "— A pois, entendi não senhor, seo Jujuca. Maluqueiras..." Claro que era, poetagem. E seo Jujuca emprestava a Pedro Orósio o binóculo, para uma espiada. Ele havia a linha das serras desigualadas, a toda lonjura, as pontas dos morros pondo o céu ferido e baixo. Olhou, um tanto. Depois, esbarrado assim, sem que-fazer, sem ser para prosear ou dormir, desnorteava. Prazível era se estivesse com companheiros, jogar uma mão de truque. O riachinho, revirando, todo se cuspia. E foi contentamento para Pedro Orósio, quando se arrumaram para continuar de seguida.

E, indo eles pelo caminho, duradamente se avistava o Morro da Garça, sobressainte. O qual comentaram. Pedro Orósio bem sabia dele, de ouvir o que diziam os boiadeiros. Esses, que tocavam com boiadas do Sertão, vinham do rumo da Pirapora, contavam — que, por dias e dias, caceteava enxergar aquele Morro: que sempre dava ar de estar num mesmo lugar, sem se aluir, parecia que a viagem não progredia de render, a presença igual do Morro era o que mais cansava.

E voltou à mente o querer se deixar ficar lá, em seus Gerais, não havia de faltar onde plantar à meia, uma terreola; era um bom pressentimento. Mas logo a ideia raleou e se dispersou — ele não tinha passado por estreitez de dissabor ou sofrimento nenhum, capaz de impor saudades. Assim, era como se minguasse terra, para dar sustento àquela sementezinha.

Agora estavam torando para a fazenda do Jove, por pernoite. Depois, desde a manhã seguinte, sempre para o norte, lá onde agora se fechava um falso-horizonte de nuvens, a sobre. Caminhar era proveitoso. Aqui, cá atrás, os outros conversavam e riam — seo Alquiste e frei Sinfrão cantavam cantigas com rompante, na língua de outras terras, que não se entendia; seo Jujuca acompanhava-os. E ninguém se lembrou nem disse mais do Gorgulho, nem da serra que ficou lá. Tardeava, quando chegaram no Jove, a casa de frente dada para uma lagôa. Marrecos voavam pretos para o céu vermelho: que vão se guardar junto com o sol.

Adiante, houve dias e dias, dado resumo.

A onde queriam chegar, até lá chegaram, a comitiva, em fins.

Mas, quando vinham vindo, terminando a torna-viagem, já o céu de todas as partes se enfumaçava cinzento, por conta das muitas queimadas que nas encostas lavravam. O sol à tarde era uma bola carmesim, em liso, não obumbrante. A barba do Ivo igualava, apontando cavanhaque em feio começo. E Pedro Orósio, espiando no espelhinho, se achava meio carecido de cortar o cabelo, que por sobre as orêlhas caracolava.

Variavam algum trajeto, a mór evitavam agora os espinhaços dos morros, por causa do frio do vento — castigo de ventanias que nessa curva do ano rodam da Serra Geral. Mas quase todas as mesmas, que na ida, eram as moradias que procuravam, para hospedagem de janta ou almoço, ou em que ficavam de aposento. As quais, sol a sol e val a val, mapeadas por modos e caminhos tortos, nas principais tinham sido, rol: a do *Jove*, entre o Ribeirão Maquiné e o Rio das Pedras — fazenda com espaço de casarão e sobrefartura; a *dona Vininha*, aprazível, ao pé da Serra do Boiadeiro — aí Pedro Orósio principiou namoro com uma rapariga de muito quilate, por seus escolhidos olhos e sua fina alvura; o Nhô Hermes, à beira do Córrego da Capivara — onde acharam notícias do mundo, por meio de jornais antigos e seo Jujuca fechou compra de cinquenta novilhos curraleiros; a *Nhá Selena*, na ponta da Serra de Santa Rita — onde teve uma festinha e frei Sinfrão disse duas missas, confessou mais de umas dúzias de pessôas; o *Marciano*, na fralda da Serra do Repartimento, seu contraforte de mais cabo, mediando da cabeceira do Córrego da Onça para a do Córrego do Medo — lá o Pedro quase teve de aceitar malajuizada briga com um campeiro morro-vermelhano; e, assaz, passado o São Francisco, o *Apolinário*, na vertente do Formoso — ali já eram os campos-gerais, dentro do sol.

Medido, Pedro Orósio guardara razão de orgulho, de ver o alto valor com que seo Alquiste contemplara o seu país natalício: o chapadão de chão vermelho, desregral, o frondoso cerrado escuro feito um mar de árvores, e os brilhos risonhos na grava da areia, o céu um sertão de tão diferente azul, que não se acreditava, o ar que suspendia toda claridade, e os brejos compridos desenrolados em dobras de terreno montanho — veredas de atoleiro terrível, com de lado e lado o enfile dos buritis, que nem plantados drede por maior mão: por entre o voar de araras e papagaios, e no meio do gemer das rolas e do assovio limpo e carinhoso dos sofrês, cada palmeira semelhando um bem-querer, coroada verde que mais verde em todo o verde, abrindo as palmas numa ligeireza, como sóis verdes ou estrelas, de repente.

Ah, quem-sabe, trovejasse, se chovesse, como lembrando longes tempos Pê-Boi talvez tivesse repensado mesmo sua ideia de parar para sempre por lá, e ficava. Mas, ele assim, ali, a saudade não tinha presa, que ela é outro nome da água da distância — se voava embora que nem pássaro alvo acenando asas por cima de uma lagôa secável. E o que ele mais via era a pobreza de muitos, tanta míngua, tantos trabalhos e dificuldades. Até lhe deu certa vontade de não ver, de sair dali sem tardança.

Mesmo, senso reconhecia, no que estavam praticando os três donos viajantes. — "Eu estou em férias, descanso..." — frei Sinfrão explicava. E carregava pedras — confessando, doutrinando, pondo o povo para rezar conjunto, onde estivessem, todas as noites e terminou uma novena no Marciano, e já na Nhá Selena começava outra. E seo Jujuca aprendia tudo de seu interesse — tirava conversa com os sitiantes e vaqueiros, já traçava projeto de arrendar por lá um quadradão de pastagens, que ali terra e bezerros formavam mais em conta. E o seu Olquiste estudava o que podia, escrevia a monte em seus muitos cadernos, num lugar recolheu a ossada inteira limpa de uma anta-sapateira, noutro ganhou uma pedra enfeitosa, em formato de fundido e cores de bronze, noutro comprou para si um couro de dez metros de sucuri macha. — "Cada um é dôido de sua banda!" — definia o Ivo, a respeito. E em combinavam no rir, Pedro Orósio e ele.

Porque, desde dias, estavam outra vez companheiros, a amizade concertara. Ao que o Ivo era um rapaz correto, obsequioso. — "Mal-entendido que se deu, só... Má estória, que um bom gole bebido junto desmancha..." Nisso que o Ivo pelos outros respondia também: o Jovelino, o Veneriano, o Martinho, o Hélio Dias Nemes, o João Lualino, o Zé Azougue — que, se ainda estavam arredados, ressabiando, no rumo não queriam outra coisa senão se reconciliar. Deixasse, que ele, Ivo, logo chegassem de volta no arraial, arreunia todos, festejavam as pazes. — "O Nemes também?!" — Pê-Boi perguntou, duvidoso, quase não crendo. — "Pois ele! Você vai ver. No sim por mim, velho!..." E esse Ivo era um sujeito de muita opinião, que teimava de cumprir tudo o que dava anúncio de um dia fazer. Por isso, o apelido dele, que tinha, era: "Crônico" — (do qual não gostava). Agora, que vinham se aproximando de final, os agrados dele aumentavam. Adquiriu uma

36   *João Guimarães Rosa*

garrafa de cachaça, deviam de beber, os dois, dum copo só. E estendeu a mão, numa seriedade leal: — "Toques?!" "— Toques!" Dois amigos se entendiam.

Isso foi no Nhô Hermes. De lá até à dona Vininha, era um transvale com cerradão de altas árvores, o que enjoava. Mas, lisas, no meio daquilo, às vezes umas várzeas de brejo, verdoengas, feito recantos oásis. Touros mais suas vacas se viam, pastando num ponto ou noutro. A toda hora um gavião voante, sempre gaviões, sempre o brado: *pinh' nhé!* E, como chegaram tarde-noite na dona Vininha, Pedro Orósio não pôde ver aquela moça de finos olhos.

Mas bem veio que, redespertos, ao outro dia, se achavam todos no alpendre da Fazenda, de lá estimavam o movimento da tiração de leite no curral, e mesmo o estilo do tempo, pois fazia uma viva manhã de amarelo em branco.

Ali era uma varanda abastante extensa. Seo Olquiste, frei Sinfrão e seo Jujuca formavam roda com a dona Vininha e seu Nhôto, marido dela. Por quanto, em outra ponta, Pedro Orósio, conversava com o menino Joãozezim — a meio de saber notícia daquela mocinha completa, cujo nome dela era Nhazita. Pedro Orósio podia notar — e até, sem nada dizer, nisso achava certa graça — que o Ivo se desgostava, sério, de que ele caprichasse tanto interesse nessas namorações. — "Descaminha filha-dos-outros não, meu amigo!" — o Ivo cochichava, pelo menino Joãozezim não ouvir. Ao que esse menino Joãozezim era um caxinguelê de ladino: piscava os olhinhos, arregalava os olhos, de bonitas crescidas pestanas, e divisava a gente de cima a fundo, nada não perdia. Pena era que a moça Nhazita, segundo se sabia agora, ali não estivesse mais. Tinha passado por lá, com o pai, só de vinda da casinha deles, no Morro da Cachaça, e indo para o lugar conominado Osório de Almeida, beira de estrada-de-ferro. E essa moça era

O recado do morro   37

nôiva — o nôivo estava por mais um ano no Curvêlo, purgando por crime, prisioneiro de prisão. Parece que se chamava José Antônio.

Desde isso, porém, veio chegando, saco bem mal-cheio às costas e roupinha brim amarelo de paletó e calça, um camarada muito comprido, magrelo, com cara de sandeu — custoso mesmo se acertar alguma ideia de donde, que calcanhar-do-judas, um sujeito sambanga assim pudesse ter sido produzido. O paletó era tão grande que não se acabava, abotoados tantos botões, mas a calça chegava só, estreitinha, pela meia-canela. Os pés também marcavam por descomuns no comprimento, calçados com umas alpercatas floreadas, de sola do sertão. Ao que, com tudo isso, prasápio assim, mas ele era dos desses vaidosos. Caminhava com defeitos, e, das pernas ao pescoço, se alceava em três curvas, como devia de ser uma cobra em pé. Viu um banco vazio, e confiou o corpo às nadegas. Não cumprimentara ninguém. Mas todo se ria, fechava nunca a boca.

— É o Catraz! — o menino Joãozezim logo disse. — Apelido dele é Qualhacôco. Mas, fala não, que ele dá ódio... Ele cursa aqui. É bocó.

O Catraz tinha vindo berganhar milho por fubá, condizia o conteúdo do saco. Mas não mostrava nenhuma pressa. Ver tanta gente reunida, para ele mudava as felicidades. — "Ã-hã-hã... Pessôas de criação..." — ele disse, espiando os viajantes. — "Ô Catraz, conta alguma novidade! Você viu o arioplãe?" "— A pois, inda ontem, ele torou avoando p'ra a banda de baixo... Passarão de pescoço duro..." Mais o menino Joãozezim perguntava: — "E a moça da folhinha, Catraz? Você guardou?" —; qual era uma estampa de calendário de parede, a figura de uma moça civilizada, com um colar de sete voltas, o Catraz pelo retrato pegara paixão, e tanto pedira, tinham dado a ele. — "Há-de, há-de, que está lá. Fremosura!... Ah, só, a mò de coisa que ela é tabaquista, e ficou com aquela pintinha preta de rapé, na cara... Ainda, ainda, que eu conseguisse de casar com ela, ah, ah... Fiz promessa de não casar com mulher feiosa..." O Catraz suspirava com o saco. — "Mal que foram contar p'ra o meu irmão Malaquia que eu estava tratando casório... Meu irmão Malaquia entonces veio me ver, de passar pito. Ele é casmurro, é muito apichicado... Malaquia me apertou, ei, tive de dar juramento, de ao menos não me casar nesses prazos de dez anos. A escapula que tive. Me vali com águas mornas..."

— "Este Catraz tem um dinheirinho. Ele até engorda porco..." — alguém dizendo. Mas Pedro Orósio disfarçara e saíra a chamar seo Jujuca, o frade, seo Alquiste: estava ali o irmão do Gorgulho, e também grotesco. Aqueles acorreram. Explicado, seo Olquiste exclamouzão: — *Ypperst!* E o Catraz, falanfão, não se acanhava com as altas presenças, antes continuava a esparolar, se dando a todos os desfrutes.

— "Vamos ver esse milho, ó Catraz. Despeja o saco..." — disse seo Nhôto, pegando uma medida de cinco litros e erguendo a tampa da tulha de madeira, que era ali mesmo, de duas partes, uma com milho, a outra repleta de fubá rosado. Entre tudo, atento à medição, o Catraz se lastimava: — "Aqui me valha, ossenhor seu Nhôto, ossenhor homem dinheiroso!" — suplicando que o fazendeiro encalcasse cada mancheia de fubá, a mais caber, e ao fim deixasse ainda alto o cogulo, sem o rasourar com a borda da mão. Pobre triste diabo risonho, desse Catraz. Mas seu Nhôto cedia em sobreencher a vasilha, para o alegrar. — "Ah, exatos! Ah, bem medido, mesmo..." — ele se balançava. Aí abria a boca do saco, recebendo seu fubá, e logo a amarrava bem, com três nós de embira.

A tão, ele respondia e proseava, lesto na loquela. Apenas, nada conseguia relatar da lapinha onde morava, agenciada no mineral branco, entre plantas escalantes, debaixo do mato das pedreiras.

O recado do morro

Visível mesmo se admirava de que especulassem de a saber, dessem importância ao que menos tinha. Por que vivia lá dentro? Ara, causa do Malaquia, que tudo aconselhava. E a lapa era de bom agasalho. Bichos? Ah, não. Só uns buracos, por onde entravam morcegos. E o cocurujão... — "É o mocho-das-grutas..." — frei Sinfrão esclarecia. E o Catraz o fitava, reverente, côrdo. — "Ah, lá eu tenho de tudo. Até banca de carapina..." Que era verdade — falou seu Nhôto. Esse Catraz — um sujeito que nunca viu bonde... — mas imaginava muitas invenções, e movia tábuas a serrote e martelo, para coisas de engenhosa fábrica. — "O automóvel, hem, Catraz?" "— Uxe, me falta é uma tinta, p'ra mor de pintar... Mais, por oras, ele só anda na descida, na subida e no plâino ainda não é capaz de se rodar..." "— E o carróço que avôa, sê Ziquia?" "— Vai ver, um dia, inda apronto..." Era para ele se sentar nesse, na boleia: carecia de pegar duas dúzias de urubús, prendia as juntas deles adiente; então, levantava um pedaço de carniça, na ponta duma vara desgraçada de comprida: os urubús voavam sempre atrás, em tal guisa, o trem subia viajando no ar...

— "E seu irmão Gorgulho, sê Ziquia? Quantos dias passou de hóspede lá em sua lapa?" "— Só uns três dias só. Transeúnte. Dixe que, eu casar, ele me amaldiçoa..." "— E o que mais, que ele dizia e fazia?" "— Dava todos os conselhos. Ficava os tempos sentado de cóc'ras, na beirada da grota. Gosta mais de sol do que jacaré... Mas é séria pessôa, meu irmão mais velho..." "— Jacaré, ô Catraz?" "— Eh, pois! O jacaré fica de lá na môita, com seu olhão dele? Tiro em cabeça de jacaré não adianta nada..."

Mas o Malaquia conversava com ele coisas de religião, também. Tinha falado num lugar, no lugar muito estranho — onde tem a tumba do Salomão: quase que ninguém não podia chegar até lá. Recanto limpo e fundo, entre desbarrancados, tão sumido que parecia a gente estar vendo ali em sonho; e só com umas palmeiras e umas grandes pedras pretas; mas o melhor era que lá nem urubú não tinha licença de ir... — "A bom, agora é que eu estou alembrado, vou contar o que foi que meu irmão Malaquia dixe..."

Mas, por essa altura, só o menino Joãozezim, que se chegou mais para perto, era quem o ouvia. — "Dixe que ia andando por um caminho, rompendo por espinhaço dessas serras..." Porque seo Jujuca se entendia com seu Nhôto, assunto dumas vacas e novilhas — massa de negócio provável. Frei Sinfrão abrira o breviário e lia suas rezas. O Ivo fora até lá, no curral, sempre inquietamente. Dona Vininha entrava para a casa, decerto dar uma vista no apreparo do almoço. Seo Olquiste agora desenhava na caderneta as alpercatas do Catraz, era o que ele portava de mais imponente. E Pedro Orósio mesmo se esquecia, no meio-lembrar de uma coisa ou outra, fora do que o Catraz estivesse dizendo.

— "...E um morro, que tinha, gritou, entonces, com ele, agora não sabe se foi mesmo p'ra ele ouvir, se foi pra alguns dos outros. É que tinha uns seis ou sete homens, por tudo, caminhando mesmo juntos, por ali, naqueles altos... E o morro gritou foi que nem satanaz. Recado dele. Meu irmão Malaquia falou del-rei, de tremer peles, não querendo ser favoroso... Que sorte de destino quem marca é Deus, seus Apóstolos, a toque de caixa da morte, coisa de festa... Era a Morte. Com a caveira, de noite, feito História Sagrada... Morte à traição, pelo semelhante. Malaquia dixe. A Virgem! Que é que essa estória de recado pode ser?! Malaquia meu irmão se esconjurou, recado que ninguém se sabe se pediu..."

De repente, frei Sinfrão ergueu os olhos do breviário: — "Você como é que anda com Deus, meu filho?" — docemente perguntou — "Você sabe rezar?" "— Ah, isso, rezo. Rezo p'ra as almas, toda

O recado do morro   41

noite, e de menhã rezo p'ra mim... Pego com Deus. A gente semos as criaçãozinhas dele, que nem as galinhas e os porcos..."

E o Catraz botava o saco ao ombro, se dispunha a puxar embora, caminho de sua lapa, lapinha perto pegada com a Lapa do Breu, rumo a rumo com a Vaca-em-Pé, em partes terrentas de pedreiras e rocha nua, num ponto diante do qual outra serra vai íngreme, talhada como um queijo. Disseram-lhe que retardasse um pouco: aproveitasse café e almoço. E ele concordou, mas tinha apuro — desceu a escadinha da varanda, e beirou a casa indo para a porta da cozinha. Falando, perguntando, o menino Joãozezim o acompanhou.

Assim. Tanto que almoçaram, sua vez os viajantes iam também partir. Nem viram mais o Catraz, nele nem pensavam. Até certa distância, até ao Pantâno, porém, em compensação, teriam outro companheiro, da mesma vaza.

Esse um — o Guégue — que outro nome não tinha; e nem precisava. O Guégue era o bobo da Fazenda. Retaco, grosso, mais para idoso, e papudo — um papo em três bolas meando emendas, um tanto de lado. Não tirava da cabeça um velho chapéu-de-couro de vaqueiro, preso por barboqueixo. Babava sempre um pouco, nos cantos da enorme boca com um ou dois tocos amarelos de dentes. Uma faquinha, ele não estando trabalhando, figurava com a dita na mão. E tinha intensas maneiras diversas de resmungar. Mas falava.

Ah, era um especialmente, o Guégue! — dona Vininha e seu Nhôto contavam, para se rir. Tratava dos porcos de ceva, levava a comida dos camaradas na roça, e cuidava a contento de todo serviço de terreiro, prestava muito zelo. Derradeiro, a Lirina, filha de dona Vininha e seu Nhôto, se casara, fora morar no Pantâno, dali a légua imperfeita. Quando se carecia, mandavam lá o Guégue — com reca- dos, ou dôces, quitandas, objetos de empréstimo. Principalmente, era ele portador de bilhetes, da mãe ou da filha, rabiscados a lápis em quarto de folha de papel. Mais pois, ele apreciava tanto aquela viajinha, que, de algum tempo, os bilhetes depois de lidos tinham de ser destruídos logo; porque, se não lhe confiavam outros, o Guégue apanhava mesmo um daqueles, já bem velhos, e ia levando, o que produzia confusão. A outros lugares, o Guégue nem sempre sabia ir. Errava o caminho sem erro, e se desnorteava devagar. Levavam-no a qualquer parte, e recomendavam-lhe que marcasse atenção, então ele ia olhando os entressinados, forcejando por guardar de cór: onde tinha aquele burro pastando, mais adiante três montes de bosta de vaca, um anú-branco chorró-chorró-cantando no ramo de cambarba, uma galinha ciscando com sua roda de pintinhos. Mas, quando retornava, dias depois, se perdia, xingava a mãe de todo o mundo — porque não achava mais burrinho pastador, nem trampa, nem pássaro, nem galinha e pintos. O Guégue era um homem sério, racional.

Reconforme, viria junto o Guégue, pois passavam pelo Pantâno. Ele devia de trazer um boião com dôce de limão em calda, mais um bilhete para a Nhá Lirina. E já estavam arreando os cavalos, quando o Guégue aparecia, rico de seus movimentos sem-centro, saindo dos fundos de uma grave manhã: tinha estado a amarrar, por *simpatia*, um barbante na cerca da horta, para o xuxú crescer depressa; ele estava sempre querendo fazer alguma coisa de utilidade. A mais, limpara, já pronta, uma saboneteira, feita da concha de um cágado. A bem dizer, seu trabalho nisso fora longo e simples: pegara o cágado na rede do rego, matara-o a pontadas de faca no entre-casco, depois o colocara por cima de um formigueiro — as formiguinhas, devorando, consumiram o glude, fabricaram a saboneteira, a qual ele presenteava ao menino Joãozezim. Era só lavar, no rego — o Guégue vivia à sua beira, o rego era o rio dele.

Por modo, quem ia pôr atenção no Guégue? Quem, no menino Joãozezim? Onde foi assim que este último achava de contar ao outro aquilo que ouvira e lhe soara tão importante por esquipático, e que ninguém mais aceitaria de comentar. Nenhum dos adultos. Também, por ardição que tivesse, o menino Joãozezim não conferira o assunto com aqueles — que, pelo siso, desgostariam de se esclarecer, consoante o silêncio que vem antes da pergunta: e que, calados, já estão não-respondendo.

— "...Um morro, que mandou recado! Ele disse, o Catraz, o Qualhacôco... Esse Catraz, Qualhacôco, que mora na lapinha, foi no Salomão, ele disse... E tinha sete homens lá, com o irmão dele, caminhando juntos, pelos altos... Você acredita?"

E o menino Joãozezim primeiro quis olhar de cima para baixo o Guégue; não podendo, por ser pequeno, então se acocorou, e ficou agachado assim, o pescoço esticado para o ar: parecia um pato branco. O Guégue ouvia. Só lhe faltava crescer as orêlhas e avançá-las, muito peludas. Babeava, mostrava os dois cacos de dentes. E se ria.

— O recado foi este, você escute certo: que era o rei... Você sabe o que é rei? O que tem espada na mão, um facão comprido e fino, chama espada. Repete. A bom... O rei tremia as peles, não queria ser favoroso... Disse que a sorte quem marca é Deus, seus apóstolos. E a Morte, tocando caixa, naquela festa. A Morte com a caveira, de noite, na festa. E matou à traição...

O menino Joãozezim falava desapoderado, como se tivesse aprendido só na memória o ao-comprido da conversa. E queria uma confirmação de resposta, saber do Guégue. Mas, enquanto a esperava, não podia deixar de mexer os lábios, continuasse a reproduzir tudo para si, num sussurro sem som.

Mas o Guégue não sabia dar opinião, apenas repetia, alto, as palavras; e, no intervalo, imitava com o cochicho de beiços. Representando por gestos cada verdade que o menino dizia: sungava as mãos à altura de um homem, ao ouvir do rei; e apontava para o morro, e mostrava sete dedos pelos sete homens, e alongava o braço por diante, para ser a espada, e formava cruz com dois dedos e beijava-a, ao nome de Deus; e batia caixa com as mãos na barriga, e com uma careta e um esconjuro figurava a aparição da Morte. Tudo, por seus meios, ele recapitulava, e pontuava cada estância com um feio meio-guincho. Mas Pedro Orósio, que via e ouvia e não entendia, achava-lhe muita graça.

— Você tem medo não, Guégue? — o menino Joãozezim perguntava, ao cabo.

Então o Guégue foi apanhar no telheiro do engenho o seu bom cacete, um calaboca, que levava preso debaixo do braço, mesmo quando carregando o boião de dôce e tocando pela estrada, com a pequena caravana, a pé e às gingas, e resmungando o resmungo sibilado, para a par com Pedro Orósio, os dois à frente de todos.

— Mais um dia, mano Pedro, a gente está aqui está chegando... — o Ivo observara. — Você tem o que fazer, por este restinho de semana?

— Nenhum, não. O trivial, vou ver... Tá em prazos de se roçar e encoivarar, já principia o tempo d'a codorniz cantar, querendo chuva...

— Oras, deixa! A gente carece de arrumar um pagode, com os companheiros, carece de se gastar este dinheirinho tão ganho...

Seguiam por terras convalares, na bacia do Riacho Magro, sob o pálido céu de agosto, fumaças subindo para ele, de tantos pontos. Aí, quando chegavam no topo de alguma ladeira e espiavam para trás, lá viam o Morro da Garça — só — seu agudo vislumbre. Assim bordejavam alongados capões, e o mais era o campo estragado, revestido de placas de poeira. Vã, à distância, aquela sucessão de linhas, como o quadro se oferece e as serras se escrevem e em azul se resolvem.

O recado do morro

À direita, porém, mais próximas, as encostas das vertentes descobertas, a grossa corda de morros — sempre com as estradinhas, as trilhas escalavradas, os caponetes nas dobras, sempre o sempre. Mesmo seo Jujuca se queixava: — "Como é que um pode conhecer esses espigões? É tudo igual, é tudo igual... É o mesmo difícil que se campear em lugares de vargem..."

Frei Sinfrão rezava ou se queixava do máu cômodo na sela. Seo Olquiste quase não dava mais ar de influência: por falta de prática, já se via que ele estava cansado de viagem; e com soltura de disenteria, pelos bons de-comer nas fazendas. O jenipapeiro grande, na curva do Abelheiro, calvo de toda folha. Menos afastado, trafegou um carro-de--bois, cantando muito bonito, grosso — devia de estar com a roda bem apertada, e o eixo seria de madeira de itapicurú. Passou um casal de pica-paus, de pervôo, de belas cores. A gente agora ouvia o pipio seriado da codorna. Uma rês veio até cá — um boi pesado de ossos secos.

— Bom rapaz, esse Pedro... — dizia seo Jujuca.

— Por uns assim, costumo rezar mais... — frei Sinfrão respondeu.

Mas seo Olquiste agora só dava atenção a algum pássaro. O pitangui, escarlate, sangue-de-boi. Mesmo voava um urubú-caçador, de asas preto e prata. O mais eram joãos-de-barro. A viuvinha-do--brejo tentava cantar melhor: o macho se dirigindo à fêmea, no apelo de reunir. Depois, vendo o espiralar de gaviões, soltou o grito-pio de alarme.

E o Guégue a cacetadas matou uma cobra venenosa: — "Você foi vir, agora morre!" E se voltava para os outros: — "Eh, cobra anda em toda parte..."

— Olha o boião! Olha o boião, Guégue! — (ele depusera o boião no chão).

E Pedro Orósio se incomodou: tinham errado o caminho? Por certo, alguma errata dera, havia mais de hora-e-meia caminhando, por uma estrada de carros-de-bois e por fim de trilha em trilha, e não chegavam à fazendola do genro de dona Vininha. Perguntou ao Guégue, o Guégue demorou explicação. Que tinha favorecido essas voltas, de extravio, pelo agrado de se passear, em tão prezadas condições. O que fosse um ter confiança em mandadeiro idiota!

Onde vinham parar era no *raso* da Vargem-do-Morro, seu paredão, e o Sumidor do Sujo. Ali, reconhecia, aquele plâino pardo, poeirante, lugar de malhador de gado selvagem, um ermo sem vivalma, nem bananeiras, nem telhado de gente residindo perto. Pastos do Modestino. Só os grupos de grandes pedras, lajes amarelas, espalhadas. Um cocho velho, abandonado, à sombra de um pau-d'óleo. E, à sombra de uma faveira e de um jacarandá-cabiúna, a lagôinha de água salgada e turva. Motivo desse bebedouro, sempre rodeavam por lá numerosas manadas, e na casca das árvores havia riscas de afio das pontas dos touros. Mas, àquela hora, só se enxergava uma vaca, angulosa, mal podendo com seus enormes chifres. Desde que cessou o pipar de dois gaviões que se libravam circunvoantes, no silêncio daquela solidão podia-se escutar o sol. Era uma planície morta, que ia vazia até longe, na barra escura do Capão-do-Gemido. Cá, no recôncavo da bocâina, a serra limitava um quadrante, o paredão arcado, uma ravina com sombrias bocas de grutas. Trepava-se caminho acima, contornado, de desvio, segurando no cipó-negro e no cipó-escada, aproveitando uma grota seca, muito funda e apertada, cheia de calhaus. Quiseram ir acolá, para ver, em certo terraplém, um salto-d'água, barbadinho, surtido da pedra fontã e logo desaparecido em ocos, gologolão. Mais um cruzeiro em que o raio desenhara a queimado umas figuras bem repartidas,

O recado do morro

sobreditas como milagrosas. Mas disseram a Pedro Orósio que os esperasse, ficando vigiando os animais, e o Guégue, por conta do boião de dôce.

Ficaram.

E então grande foi o susto dos dois, quando uma voz solene e cavernosa proclamou de lá, falafrio:

— Bendito! que evém em nome em d'homem...

Aí, viram. Quandão, donde viera a má voz, se soerguia do chão uma cabeçona de gente. Era um homem grenhudo, magro de morte, arregalado, seus olhos espiando em zanga, requeimava. Deitado debaixo duma paineira, espojado em cima do esterco velho vacum, ele estava proposto de nú — só tapado nas partes, com um pano de tanga. E assim tornou a arriar a cabeça e estirado de semelhante feição continuou, por não querer se levantar.

— Bendito, quem envém em nomindome!

E solevava numa mão uma comprida cruz, de varas amarradas a cipó — brandía-a, com autoridade. Era um dôido. O Guégue não lhe tirava de riba os olhos, satisfeito, uma coisa de tanto feitio ele jamais tinha avistado. Por fim, se voltou para Pedro Orósio, e perguntou:

— É logro?

Mas foi o próprio sujeito seminú do chão quem entrou com a resposta:

— É logro? É virtude? Em nome do Pai, do Filho, do Espírito-Santo — quem está vos perguntando sou eu, me declarem: vocês dois são criaturas, ou são figurados do Inimigo?! Então, me sigam no sinal sagrado! — e traçou em testa e boca e peito o da Cruz. Pedro Orósio e o Guégue o imitaram, com o que ele pareceu se abrandar. — Se vos sois anjos, mandados pelo Divino, para refrigerar minha fé no duro da penitência, dizeis! vos rogo, porque, se fôrem, então me levanto do estrume dos grandes bichos do campo, limpo minha cara e meus cabelos, e vos recebo ajoelhado, lôas e salmos entoamos...

Aceitou o que o Pedro Orósio disse: que era apenas um sitiante comum, com sua lavourinha para trás da Serra do Cuba; e que ali o Guégue era acostado na dona Vininha, fazenda do Bõamor; e que vinham transeúntes, jornalados, serviço de comitiva.

— Faz mal não. Bendito o que vem in nômine Dômine!... Todo serviço pode ser de Deus, meus filhos. Se corrijam! Ainda não completei meus nove dias de jejum e reforço, que vim preencher aqui neste deserto, entre penhas e fragas brabas... Mas estou em acabamento — depois-d'amanhã tenho de tornar a sair pregando, pois o fim-do-mundo está apressado, não dou por mais três mêses, se tanto. A humanidade vê? Não vê! Não sabe. Cada um agarrado com seus muitos pecados... Mas hei de gritar fôgo e chorar sangue, até converter ao menos uma bôa parte! Vão rezando, vão rezando: vão se convertendo logo, por si, p'ra me poupar trabalho... Mas, olhem o Arcanjo! Silêncio, ajoelhem aí em ponto, rezem um rosário...

E depôs a cruz do lado do corpo, fechou os olhos, as mãos no peito, feito gente morta. A gente podia admirar e achar — que as delícias é que estavam com ele.

Em seguimento disso, porém, Pedro Orósio se afastou, caçando um lugar melhor, para se sentar. Por segurança, pegou o boião de dôce das mãos do Guégue. Mas o Guégue, se acocorando, não queria sair da beira do outro. Pedro Orósio, ali perto uns dez metros, de olho em ambos, para o caso de ter de moderar alguma malucagem, espantava os mosquitos, enquanto escutasse qualquer alta conversação.

Primeiro, o Guégue se permanecia, temperado, de certo repassava, descascava suas ideias, isso para ele sempre ainda mais difícil. Aquela vaca junqueira se deitou, para remoer seus dentes. A mais,

O recado do morro

uma pequena maloca de gado deu de aparecer — um tourão e umas novilhas, que de distância espiavam — queriam da água da lagôinha. Se feriu, das brenhas da encosta, um rente grito: um casal de maitacas saíu pelo ar. A gente olhava para o céu, e esses urubús. Vez em quando, batia o vento — girava a poeira brancada, feito moído de gesso ou mais cinzenta, dela se formam vultos de seres, que a pedra copia: o goro, o onho e o saponho, o ôsgo e o pitôsgo, o nhã-ã, o zambezão, o quibungo-branco, o morcegaz, o regonguz, o sobre-lobo, o monstro homem.

O Guégue, por fim, perguntava:

— Ocê é da procissão? Vai dansar no Rosário? A nhum? Mundo vai se acabar? Ocê disse... Ocê sabe?

— Silêncio, mais silêncio! Me deixa, a hora é de Deus. Não embargando, você é um pobre filho dele, se vê que tem o espírito simplório... Quer ver o fim do mundo? Que vem vindo redondando aí, rodando feito pé-d'água, de temporal e raios: os querubins já estão com as brasas bentas, amontados em seus trapes cavalos! Tu, treme...

— Uê... Como é que ocê sabe? Ocê é padre algum?

— Enche tua boca de bosta, p'ra não carecer de blasfemar! Como que sei? Tu também vai saber, refiro que não seja tarde: assentado de dentro da panela de breu, tu então sabe... Arrepende, treme e reza, e te prostra, cara no chão, infiéis publicano! Olha a trombeta! De profundas, eu escuto: olha a morte, atenção!

— Uai, então é! É que nem o Menino...

— O menino? O menino? De uns assim foi dito, que entram no Reino-do-Céu dansadamente... Que menino?

— A bom, no Bõamor: foi que o Rei — isso do Menino — com espada na mão, tremia as peles, não queria ser favoroso. Chegou a Morte, com a caveira, de noite, falou assombrando. Falou foi o

Catraz, Qualhacôco: o da Lapinha... Fez sino-saimão... Mas com sete homens, caminhando pelos altos, disse que a sorte quem marca é Deus, seus Doze Apóstolos, e a Morte batendo jongo de caixa, de noite, na festa, feito História Sagrada... Querendo matar à traição... Catraz, o irmão dum Malaquia... Ocê falou: a caveira possúi algum poder? É fim-do-mundo?

— É o começo dele, é o começo — alvorada de toda a Glória! Um arcanjo sabe o poder de palavras que acaba de sair de tua boca... Ajoelha, às graças, ajoelha, já!

O Guégue obedecia, se ajoelhava. Mas aquele estapafúrdio — o estúrdio homem, pronto nú e espichado no sempre do chão, lazarado por seu próprio querer, ali entre o verde e o preto do gado solteiro do Modestino — agora mandava que ele botasse fora o cacete. E o Guégue hesitava.

— Se é vossa vez, encosta aqui comigo, para um resto de jejum e remissão aspra: que de hoje a dia-e-meio podemos pegar este mundo pelas alças...

— Uê, eu não posso. Tenho de levar recado e boião de dôce, nha Dona Vininha mandou... Posso não.

— Não pode, pela salvação dessa humanidade sacana, em vésperas de inferno geral?! Que é de seu companheiro?

— Ã, ali, atrás do joão.

— Surso! Surge!

Mas o homem se solevava e virava, via o que via atrás da moita de mentrasto, e iracundo abominou: — "Caifaz! Isso é direito? É respeito?! Raça de víboras, cambada de pagãos, obrando! Te aparta, maldito! Raça de víboras!..."

Nenhuma cortesia ou desculpa para ele tinha valor: se levantou de todo, sacudiu aquele corpo mujo de magro e nuelo, segurou muito

O recado do morro

a cruz e foi desertando, audaz, se caminhando para longe — ainda prometia que ia para o beira-mato, prosseguir em seu forte dever de penitenciação. Ao que bramava e escarceava, sem olhar para trás. Com uma gaforina de cabelo assim, devia de ter até piôlho.

O Guégue queria ir tendo algum medo, acarinhava seu grande papo. Mas Pedro Orósio veio e lhe entregou de novo o boião de dôce, sem parlandas. Dava o vento, outra vez, suspendia mãos daquela esponjosa poiera, que tem gosto de água de pote e de comida cozinhada. Aquele lugar era muito feio.

— Uê, uai, eh... — o Guégue se manifestava. — ...Homem zuretado!... Será que o mundo acaba?

Que nada e não, assegurava Pedro Orósio. Acabava nunca. E aquele inesperado homem era leso do juízo, no que dizia não fazia razão. Cá, se tivesse o mundo de se acabar, outros, de mais poder e estudo, era que antes haviam de obter sua notícia. E bem veio que, por essa altura, justo o pessoal estavam retornando.

Dali saíram, rearrumando rumo, modo de conduzir o Guégue ao Pantâno, de nha Lirina e siô Duque, seu marido. Constando que era uma bonita fazenda branca, entre árvores; lá tomaram café com biscoitos, e lá deixaram o Guégue e o boião.

Daí, acima caminho, ainda Pedro Orósio se lembrou de dar parte ao frade do que no raso do Modestino se passara, e do extraordinário daquele homem por nú — o *Nomindome* — ameaçador de tantas prosopopeias. Embora, ficou calado. Expor tudo não era convinhável, ele não sabia fácil passar a ideia de como tinha sido, e eles podiam fazer maiores perguntas — cansava sua cabeça distribuir a pessôas cidadãs um caso de tanto comprimento. Guardou consigo. Só, já quase chegavam no Jove, de tardinha, cruzou numa porteira com um velho, das Lajes, um Torontonho ou Torontõe, que vinha

52 *João Guimarães Rosa*

até no João Salitreiro, comprar fogos para as festas do Rosário. Tal velho conhecia o Nomindome: reportou que ele era dôido varrido, mas tinha passado bons anos no Seminário de Diamantina. Seu nome em Deus, ninguém não sabia, portanto. Só era conhecido por apelativo de *Jubileu*, ou *Santos-Óleos*.

— Faz tempo que esse Santos-Óleos, ou Jubileu, o que seja, que não aparece por arrabaldes. Ninguém sabe donde ele assiste, não tem pouso nenhum. Vara por este mundo todo: some daqui, vai se apresentar jajão em longes beiradas, diz-se que testemunha até nos Fêchos-do-Funil, numa tapera de capela, em Oéstes, mais lá de lá da capital do Estado... De uns dez anos que ele sobrevive às feitas carreiras, d'acolá p'r' além, enfiando por dia muitos lugares, e pronunciando brados do fim-do-mundo — estreito prazo de três mêses... Bom, desse jeito, assim, não é vantagem: algum dia ele acerta...

O velho Trontõio riu, de si, e se tocou avante, lambando no cavalo baio a tala do chicote. Ao que ele era tio-avô de uma mocinha, das lindas, chamada Quitéria, aí Ribeirão-da-Onça abaixo. Bom homem.

— "Será que foi, a respeito de quem era que você estava perguntando?" — o Ivo quis se informar, já no Jove, depois que tinham jantado e faziam redondo de conversas no pátio da frente, junto com algum pessoal de lá.

— "Falando do Rosário, da festa..." — Pê-Boi preferiu atalhar, por preguiças de depor a verdade, tão tola.

— Ah, pois isso. A festinha, vamos ter é no Azevre, domingo de noite, na certa. Sem falta, você vem... Alegria da palavra!

Nisso, outros vinham. Eram, ver e não ver, o João Lualino e o Veneriano — e não despraziam de se encontrar com ele, Pedro Orósio, por contrário riam amistosos, e se chegavam. — "Pois, ei, Crônico... Ei, Pê! Salve essa bizarria..." Saudavam com palmadas de abraço.

O recado do morro   53

E o Ivo tomava a gerência da conversa, avindador, queria que todos mais companheiros estivessem, fora de lembrança de qualquer injúria passada. — "A mais é a festa, hem, hem?" "— Tá inteira. Tá combinados..." — respondiam. O Veneriano era um preto jeitoso, impagável em toda festança, pelo que melhor dansava — nem se imagina: mesmo com aqueles pés de inhaúma, dedões abertos e enormes, e o calcanhar muito salientado, cabo de caçarola. O João Lualino, pardaz, sempre muito luxo no vestir, botava até água-de-cheiro na cabeça; diziam que era sujeito muito mau, e sangrador, faquista. — "A ser, quand' é que vocês ficam forros de pajear essa gente de ambulante?" — o João Lualino perguntou. Arre, era amanhã, estavam no arraial, de volta — o Ivo explicava. — "Eh, Crônh'co — falava o Veneriano —: Vocês foram arranjar um carcamano mais estranhável. Hum, que zanza por aí à garimpa, mó de atestar amostra de pedrinhas e folhas d'árvores... Que é que estará percurando, de verdade?" E o Lualino: — "Alto cidadão... Vai ver, é cristaleiro, mais safado que os outros... Botar preso em cadeia, mode se dizer de ser..." Por um meio-pensamento, Pedro Orósio se comparava: aqueles pareciam homens mais seguros de si, com muita capacidade. Estavam rindo, falando por brincadeira, mas mesmo assim a gente via que, eles, cada um queria ser sem chefe, sem obrigação de respeito, alforriados de qualquer regra. Talvez ele, Pê-Boi, dava apreço demais aos patrões, resguardando a ordem, lhe faltava calor no sangue, para debicar e dizer ditos maldosos. Outramente, admirava seu tanto a vivice do Lualino, mesmo do Ivo Crônico. Por mais que virasse e vivesse, ele ficava diferente daqueles: era sempre o homem dos campos-gerais, sério festivo para se decidir, querendo bem a tudo, vagaroso.

Agora, tinha estado lá, até nas veredas do Apolinário, onde papagaio bravo revoando passa, a qualquer parte do dia. Ao que fora, imaginando de ficar, e não tinha ficado. Mesmo no momento, se queria pôr a rumo o pensamento, de lembrança de lá, não conseguia, sem sensatez, sem paz. Faltava a saudade, de sopé. Toda aquela viajada, uma coisa logo depois de outra, entupia, entrincheirava; só no fim, quando se chega em casa, de volta, é que um pode livrar a ideia do emendado de passagens acontecidas.

Mais valia a boa amizade, companheiragem — o Ivo Crônico, o João Lualino, o Veneriano — e a festa, por ser, já que ocasião dela: nas cafúas, perto de estradas, em casas quase de cada negro se ensaiava, tocando caixas, com grande ribombo. Agrado de festar, isso sim, as mocinhas moças, tinha desejos de umas. Ao depois, carecia de retomar seu trabalho costumeiro, ir dando preparo para o plantio das roças, reconhecia falta dessa lida, mesmo que nem igual de dormir, tomar café, comer e beber. — "Ouve, Pedro: além do que foi ajustado, você acha que eles vão gratificar a gente com mais um pouco mais? Ah, o carcamão de certo dá. Ele é frouxo de munheca..." O Ivo, no falar, pegara mão no braço dele; o Ivo era amigo, supria confiança. Pedia para ver a arma: — "Ôi, Pê, essa sua garrucha é mesmo bôa, mandadeira?" "— Regularzim. Tiver um dinheiro, compro outra. Revólver, feito esse seu..." "— Ara, nada, bozórje..." O Ivo fazia questão de encarar bem a gente, com uma firmeza de ser sincero, e falava falas de afeição. Único defeito dele era um cismo destruído no jeito de olhar e falar, parecendo coisa que estivesse reparando uma rês vistosa, um boi gordo. — "A bem, Pê, tu disse que estava pensando em querer voltar p'ra lá, pra os Gerais altos..." O Ivo, falante assim, a gente tinha um gostinho de rebater os conselhos dele: — "A já, Crônhco velho, aquilo era aragem de fantasia atôa, só. Eu fico, mas fico aqui mesmo..." A mais, outro gosto, de arreliar adiante o amigo, que estava sempre volteando e se queixando no mesmo assunto, de

O recado do morro   55

que ele Pedro devia de não querer namorar com as moças todas, mas escolher uma, ou as duas ou três, só, e deixar a cada um outro a de amor de cada um: — "Você sabe, Crônhco, o remelhor é ir namorando namoriscando, enquanto elas quiserem. Mocidades..." Então o Ivo arriava a crista, demudava de conversação. Ali no Jove tinha luz-elétrica, o povo escutava rádio, se ia dormir mais tardado. E se comia uma ceia bôa: de sopa-de-batatinha com bastante sal, com folha verde de cebola picada, e brôa de milho; depois, leite frio no prato fundo, com queijo em pedacinhos e farinha-de-munho. Cá fora, as estrelas belezavam, e a lua vinha subindo cedo, já bem: dali a uns três dias, era o dado da lua-cheia, conforme se sabe.

De vez, ora assim foi que, no outro dia, em vez de torarem para o arraial, ainda inventaram de enrolar caminho para as Traíras, por mostrar ao seu Alquiste o rio das Velhas — seus matos montoados, suas belas várzeas, seus pássaros vazanteiros. Um aborrecimento. Tino foi o do frade, que disse não podia vadiar mais, se separou e desviajou deles. Seo Jujuca determinou que, se o Ivo quisesse, podia ir também, acompanhar frei Sinfrão, agora o movimento era mais resumido, tão perto. O Ivo não quis — por esperança de maior dinheiro, sarnava de ficar até ao fim. Pedro Orósio mesmo, pelo sim pelo certo, tratava de zelar mais agradador e prestativo. Mas achava mais graça nenhuma, no seo Olquiste, sempre nas manias de remexer e ver, e perguntar, e tomar o mundo por desenho e escrito. O que, a partir dali, esclarecia aos tantos seu coração, era o palpite da festa. E foi o próprio Ivo que uma hora careceu de ter mão nele: — "Modera essa influência, Pê, que ainda não é hoje. Mas vai ser festa p'ra toda a vida..." E Pedro Orósio, pelo que tinha de esperar, repensava na Laura, filha do Timberto, do Saco-do-Mato; e na Teresinha e na Joana Joaninha, do arraial; e em todas. A-prazer-de que não queria deixar de pensar também na Maria Melissa, do Cuba, por causa do Ivo ele sentia uma qualidade de remorso; descontente com isso, do Ivo mesmo era que então começava quase a ter raiva. Andava, andava. — "Mas você é geralista, Pê... Sua terra, lá, eu vi, é bem que é bôa..." "— Uma osga! Pois vai p'ra lá, você... Pra ver como é que o sertão é pai de bom..." "— A bem, falei por falar. Azanga comigo não, Pê..." Até escarmentava a paciência da gente, aquele lazer do Ivo. Ao que tinha interesse nenhum, de cabimento, aquela andação, para deletrear ao seo Alquiste os recantos do rio das Velhas. Poetagem. O trivial estava indo, sem pior; mas o que havia era que a vida toda se retardava.

Ao em seguimento disso, só na sexta-feira de tardinha foi que chegaram no arraial, terminada a viajação. Aquela hora mesma, Pedro Orósio e o Ivo tocaram suas pagas e agrados — o gratisdado, em bôas cédulas. "Gastar atôa, não gasto. É baixo! Nem entro em frojoca..." — Pedro se constou. — "Ainda, olha, amanhã de noite é a festa, oé? Melhor a gente ir junto, em az. Viro, venho te buscar..." — o Ivo dispôs. — "Uai, ara..." Aí, Pedro Orósio passou para a casa de seô Tolendal, que tinha venda. A ele satisfez o resto de umas dívidas, o restante lhe pediu que guardasse. Cobre seu, não-vê, era para bembaratar no justo e certo. E seô Tolendal — homem entendido em confiança e inteligência — mandou arrumar uma cama para o Pedro repousar aquela noite. Dormiu em bom colchão com lençol e colcha, em cima do balcão.

E faz e acontece que, sábado, de manhã, cedinho até demais, o povo todo morador naquela rua principal teve de se acordar debaixo duma continuação de gritos grados, que não achavam suspensão. Pedro Orósio se levantou, abriu em fresta a porta da venda. Que viu? Era o homem dôido — aquele Nominedômine! Em bem que ele agora estava vestido, de algum jeito. E tinha enrolado uma ruma de panos

O recado do morro   57

em cada pé, em guisa de servir de calçado: aquilo parecia o sujeito pisando poeira enfiado em dois travesseirões, frouxoso. Estafermo mesmo assim, arava o passo, pernas tantas, até cada fim da rua, e retornava, estroso, ardente, cachorro caçado, sete fôlegos. Abria o peito: — "...É a Voz e o Verbo... É a Voz e o Verbo... Arreúnam, todos, e me escutem, que o fim-do-mundo está pendurando! Siso, que minha prédica é curta, tenho que muito ir e converter..."

Da casa-de-venda do Flôr, do outro lado da esquina, um moço cometa se chegava à janela e perguntava: — "Você é Cristo, mesmo, ou é só João Batista?..."

E o vira-mundo malucal, que já ia se afastado, se revirou, rente, por sobre o descompasso de suas altas pernas, que nem umas andas, e levantou os braços, bem escancarados — feito precisasse de escorar a queda do céu. E deu exclama:

— Bendito o que vem in nômine Dômine!...

Se via que ele estava no último ponto de escarnado, escaveirado, o sol queimara aquela cara, de descascar pele. Mas perdera a gaforina — devia de ter pedido a alguém para lhe rapar a cabeça. E os olhos frechavam, resumo de brasas. Dava pena. De seguro, teria terminado o traquejo de jejum e rezas no malhador de gado do raso do Modestim, e nem esperara por mais nada, para executar o danado avanço, de déu em déu, em nome de Deus. Só podia ser que tivesse navegado a madrugada inteira, para vir chegar agora a esta hora. Em algum sítio podia ser que tivessem dado a ele um café?

— ...Sua pergunta é do rogo da fé, e não da carne, não, moço. O senhor é homem gentil, tem galardão! Tem galardão... Mas eu sou o zerinho zero, malemal uma humilde criatura do Senhor: eu nem sou a Voz... Vinde, povo: senvergonhas, pecadores, homens e mulheres, todos. Todos eu amo, vim por vosso serviço, Deus enviou por mim, ele requer o vosso remimento. Dele tenho o praz-me. Olha o aviso: evém o fim do mundo, em fôgo, fôgo e fôgo! O mundo já começou a se acabar, e vós semprando na safadeza, na goiosa! Contraforma! Contraforma! Olha o enquanto-é-tempo... Vamos, vamos: p'r' a igreja! Todos me acompanhem. Aqui-del-papa! Aqui-del-presidente!

Desabalou de vez, olho da rua a longe, quase correndo, feito pulando rego, tinha de alargar também as pernas — aqueles rôlos de pano nos pés dele foiçavam porção de poeira. Por um vago, a gente estremecia, salteado do aflêcho comandante daquela voz, que instava calafrios: quase que se ia acreditando. As mulheres se benziam. Aí já havia pessoas em praça — pois era véspera de festa, o arraial se apostava com limpezas e arcos embandeirinhados, estando cheio de forasteiros; por maior, pretos. Outros, que acordaram com a latomia do Nominedômine em seu ir e desvir, durado em mais de quarto-de-hora, já tinham vestido roupa, e saíam como público. Que era que deviam de fazer? Ir chamar os frades? O dôido, direto para a igreja do Rosário, era capaz de obrar muitos desatinos. Devia-se de ir para lá. Pedro Orósio também já estava pronto, fora de portas. Aquele dia-de-sábado principiava bem.

E de repente o sino do Rosário se tangeu — col a col, cantarol. Ah, quem batia, sabia: tantoava em repique e repinico, muito claro no bimbalho. Mas, foi logo a forte, dez mãos pelo badalo, pegou a bedelengar a tôrto, dlá e dlém, parecia querer romper de vez a forma de seu carôço dele. Virgem! — o Nominedômine tinha alcançado de chegar à torre, a igreja estava entregue aos máscaras, carecia de o pessoal todo do arraial correr para lá. O homem dava rebate, rebimbo, dobra que redobrava, a tal. Depois, perdia qualquer estilo. Era só aquela fúria: dladlava, dlandoava, o sino também fervia do

O recado do morro

juízo! Ora, o sinão do Rosário é reinol, de bôa marca, bem santificado: é sino de uma légua. A portanto, aquilo bronze zoava fora de rol, transtornava a gente. Agora, sim, o Nominedômine, Nomendome, Santos-Óleos ou Jubileu — ele cujo tinha encontrado seu poder de rachar os ouvidos do povo todo, em prol, com sua gritação do fim do mundo. Corriam para lá. Manejar errado com sino é negócio tenebroso. E Pedro Orósio corria mais na frente — ele era por longe o trucúlo de homem mais possante do lugar, capaz de capaz. Para agarrar, seguro, braços e pernas do desgraçado, e arretirá-lo do santo assoalho da igreja, e socar paz e sossego, a bem dos usos da razão. Todos iam ficando por detrás do Pedro. — "Dá nele, Pê! Senta a mão nesse desordeiro... Isso é puro herege!" — uns gritavam, já alegres, assanhados. E o sino feria, estalava facas no ar, feito raios. Mas no plém dele se sentia uma alegria maluca e santa, rompendo salvação, pelas altas glórias. A voz do Nominedômine, em seu despropósito de urgente felicidade. Aí, quando iam acabando de subir a ladeirinha, e chegando lá — ele parou. Esbarrou de tocar, de um pronto curto, no coração da gente, que se tonteou. Como quando uma cigarra graúda de dezembro está tinindo muito perto, e acaba.

Na igreja, lá estava ele, o Santos-Óleos, junto do altar-mor e virado para os fiéis — pois mesmo àquela hora já havia gente ajoelhada em posto — as velhas igrejeiras, umas velhas ou mesmo moças, cada qual com seu terço nos dedos, quase todas com mantos na cabeça, seus fichús.

E pois, ele pregava. Alargava braços altos, gloriava os olhos, santamente, para cima, cruzes que a mão sinalava no ar, administrava. Mas muito sacudia as pernas, ligeiroso, o pior era que a gente via aqueles travesseirões que ele calçava, parecia coisa que estava maldansando.

60   *João Guimarães Rosa*

A igreja agora estava cheia, de mulheres e homens, que escutavam aquietados. E ninguém, nem Pedro Orósio, não tinha coragem de ir sojigar o homem dali, e o expulsar pra fora, só pelo tanto que ele invocava o nome da Virgem e de Deus, e porque tinham medo de produzir algum sacrilégio, no consagrado daquele recinto, estando o Senhor no Tabernáculo. Mas nada ou quase nada do que o Nominedômine dava de sermão, se aproveitava. Que o que ele dizia:

— Às almas, meus irmãos! O fim do mundo, mesmo, já começou, por longes terras. E vem vindo... Olha os prazos! Vamos rezar, vamos esquentar, vamos ser! Bons jejuns... Alerta — às almas!... Daqui vou, beijar o pé esquerdo e a mão direita de Santa Manoelina dos Coqueiros. A data exata do fim, Deus vai me dizer é lá na capelinha largada nos campos, nos Fêchos-do-Funil... Lá não me ouvem: terra de um maltrata seu mensageiro. Cambada! Quer sono, não tem sonho... *Orate fratres*... Vocês mesmo não notam: mas a alma de cada um já começou a ficar adormecida... Olha os prazos! Olhem para os bichos, por comparação...

Mas, nesse justo momento, vinham chegando os frades — frei Sinfrão e frei Florduardo — evinham enérgicos. O Nominedômine, de lá do altar, curvou mesura profunda, e garrou a acabar de sermoar, depressa ainda mais, sabendo que agora lhe sobrava pouquinho tempo. Refalava: — "...No ermo onde fortifiquei meus dias de jejum maior, num recampo de gados, veio um anjo mandado, um anjo papudo e idiota — mais do que assim eu não mereci... Ele mesmo me confirmou e me disse do aspecto do fim grave. Me escutem!"

E nisso Pedro Orósio, correndo pelo meio da igreja, a fito de ajudar a defender os frades, caso o Nominedômine reagisse contra eles, deu uma esbarrada no Coletor. O qual Coletor era outro que não regulava bem. Estava com sua pilha de papéis e jornais, e com as algibeiras cheias de tocos de lápis, com eles constantemente fazia

O recado do morro   61

contas de números nas beiradas brancas dos jornais. E o Coletor era um que gostava de frequentar sempre perto ou dentro de igreja, e se ajoelhara rente na primeira fileira, junto com as mulheres mais beatas, ao pé do gradil da banca de comunhão. E com o esbarrão do Pedro Orósio ele se despertou e alevantou a prumo a cabeça.

— ...Escutem minha voz, que é a do Anjo dito, o papudo: o que foi revelado. Foi o Rei, o Rei-Menino, com a espada na mão! Tremam, todos! Traço o sino de Salomão... Tremia as peles — este é o destino de todos: o fim de morte vem à traição, em hora incerta, é de noite... Ninguém queira ser favoroso! Chegou a Morte — aconforme um que cá traz, um dessa banda do norte, eu ouvi — batendo tambor de guerra! Santo, santo, Deus dos Exércitos... A Morte: a caveira, de dia e de noite, festa na floresta, assombrando. A sorte do destino, Deus tinha marcado, ele com seus Dôze! E o Rei, com os sete homens-guerreiros da História Sagrada, pelos caminhos, pelos ermos, morro a fora... Todos tremeram em si, viam o poder da caveira: era o fim do mundo. Ninguém tem tempo de se salvar, de chegar até na Lapinha de Belém, pé da manjedoura... Aceitem meu conselho, venham em minha companhia... Deus baixou as ordens, temos só de obedecer. É o rico, é o pobre, o fidalgo, o vaqueiro e o soldado... Seja Caifaz, seja Malaquias! E o fim é à traição. Olhem os prazos!...

Mas, por aí, o frei Florduardo já se chegava, bastou só levantar a mão, para atenção: e o Nominedômine se ajoelhou de vez, aos pés dele, prostrou a cara. — "Pode ir, meu filho. Deus te abençôe..." — o frade falou. E o Nominedômine se levantou e foi puxando, vagaroso, pela beira da igreja, de olhos postos, rezando cantado em latim o Credo e o Padre-Nosso, com voz tão enfadonha. À porta, se voltou e declarou assim inesperado: — "Olha o responsório! Olha o falimento do fim, cambada!" Daí, se foi. Dava dó. Quem sabe ele não estava pressentindo um fiapo dos tempos? Pedro Orósio ainda veio cá fora, perseguí-lo com a vista. Embora, ô cujo para comer estrada: rumou, rumou, era aquela terrível velocidade, dum lado e doutro não queria saber de nada. Tirou dali, desceu, cortou a várzea, subiu como quem ia para a Lagôa, pelo Bento-Velho. Já estava alongado demais. Por fim, foi para o morro, adversamente, abriu um furozinho preto no horizonte, por ele se passou, e se sumiu do mundo.

Mais tinha esquentado aquele sábado. Frei Sinfrão já começara uma missa, sempre mais povo chegando, a reio. Também muitos já revestidos, para figurar na festança do dia-seguinte. Os dos ranchos: os moçambiqueiros, de penacho e com balainhos e guizos prendidos nas pernas; grupos congos em cetim branco, e faixa, só faltando os mais adornos; e a rapaziada nova, com uniforme da guarda-marinheira. Imponente foi quando comungaram o preto Zabelino, todo sério, e a preta Maria-da-Fé, com um grande ramo de flores nos braços, quens iam ser rei-congo e rainha-conga. Seo Alquiste estava presente, com seo Juca do Açude e seo Jujuca, e as senhoras da Fazenda, e acabada a missa seo Alquiste aproveitou para bater chapa de todos os fardados. Música ia tocar era no outro dia, no outro dia era que era o registrado da festa. Uns gritavam desde agora seu grande contentamento: — "Viva a Senhora do Rosário! Viva a grande santa Santa Efigênia! Viva o nosso santo São Benedito!" Mesmo, em diversas casas, na Rua dos Pequís e Rua dos Pacas, se ajuntavam pessôas, e era aquele guararape brabo: rufando as caixas, baqueando na zabumba. Mor, lomba acima, indo para a Matriz do Sagrado Coração, uma turma se rodeara, à sombra de uma árvore grande, ali também ainda ensaiavam: era o pessoal do Mascamole — ele e o Tú, cunhado seu, vindos do Santomé. Muito reluziam. O povo vivava. E o Tú e o Mascamole, chefes, tribuzando no tambor: tarapatão, barabão, barabão!... Tudo era grande muito movimento.

O recado do morro

Baixo um momento, Pedro Orósio esteve namorando, com uma moça ou outra, à incerta. Depois, assim sem prisão de regra, tencionava trançar pelo arraial, resvés, para valer o tempo. Só um tanto, por tudo, agora ele precisava de querer pensar em sua casinha, sua lavoura — na segunda-feira era que ia lá, por fim de ter andado fora pouco faltava para um mês. Tornar a entrar no diário do trabalho também era aceitável, mestreava o corpo, e punha calço na cabeça, pois mais a ideia da gente vinha sendo tão removida. E encontrava o Josué, quase seu vizinho. — "Tudo tá bem, tá lá, Zué?" "— Tá lá, tá." O Josué já tinha queimado campo, estava encoivarando para a roça. E o Alvinho Diogo já tinha seu serviço acabado de pronto: p'ra semear agora só esperava chuva. Prazia o Pê vir beber um gole? Se ia. — "Capaz que este ano chover cedo..." Tomara. Deus queira. E, apesar d'ele ser capiau, roceiro muito, as pessôas finas do arraial apreciavam o Pedro — principalmente por seu tamanho em desabuso, forçudo assim, dava gosto e respeito.

De contria, vinham o Ivo e o Martinho — mais esse! — queriam por toda a lei que o Pedro Orósio quisesse já de já se amadrinhar com eles. — "Não, por ora, amigos..." Pois enquanto, ele precisava de gerir seu dia sozinho. A bem não falar, alguma coisa naqueles ainda o punha a resguardar uma menos confiança. Muito leve. — "Mas, olha: de tardinha, depois do jantar, hem?" "— Mas a festa não é amanhã?" "— Virou pra hoje. Sabe não sabe? Você é um que vem?" "— Vou."

Por vez, não tivesse dado palavra. Quem diga fosse melhor nem não ir? Essa festa, meio longe, quando a ocasião maior estava sendo no arraial, aquilo mesmo desdizia, uma dúvida lhe soletrava assim. Repensou e não pensou.

— Ara veja, Pêboizão!...

Aí quem estava saudando era o Laudelim Pulgapé, bons olhos o conhecessem. Como sempre amigos, se encontravam. A — e bem — era ideia: o Laudelim podia vir junto, companhia confortada. — "Vamos batucar hoje, Pulgo velho, na beirada do Cuba, numa casa?" "— Vou não." O Laudelim marcara de ir tocar e cantar, para aquele homem estrangeiro, no hotel do Sinval. Depois, ele tinha de dormir para amanhã.

O Laudelim era alegre e avulso. Por perto da matriz, estavam num campo aberto. E ele olhou um cavalo que pastava, e se lembrou de seu violão. Com o Laudelim, se podia fácil conversar, ele entendia o mexe-mexe e o simples dos assuntos, sem precisão de um muito se explicar; e em tudo ele completava uma simpatia. O violão estava mesmo ali à mão, no botequim. Daí que o Laudelim também usava cisminha de tristeza, que era uma tristeza leviana, diversa das de todos, uma tristeza sem razão certa, que nem doença pegada ou chão para a sombra de sua alegria. Dava agora para querer passear vago, violão ao peito, votou que chegassem até no cemitério — carecia de visão assim, porque aquela noite tencionava cantar melhores. Pois caminharam. Mas, passando pelo oitão da Matriz, lá estava o Coletor, rabiscando suas contas.

Se disse que esse Coletor era gira. Bem dizer, nem nunca tinha sido coletor, nem aquele era nome válido. Transtornos e desordens da vida, a peso disso ensandecera. Agora, achacado e velho, inda bom que a doideira dele era uma só: imaginava de ser rico, milionário de riquíssimo, e o tempo todo passava revendo a contagem de suas posses. Escrevia em papel, riscava no chão, entalhava em casca de árvore, em qualquer parte. Mas onde tinha mais gosto de cifrar aquelas quantias era nas paredes, porque assim todo o mundo podia invejar a imensa fortuna. De qualidade que, por azo, preferia a Matriz, por

O recado do morro   65

ter as maiores paredes brancas no arraial. Ia alinhando números tão desacabados de compridos, que pessôa nenhuma não era capaz de tabuar: seus ouros, suas casas, suas terras, suas boiadas no invernar, sua cavalaria de ótimas eguadas, seus contos-de-réis em numerário, cada lançamento daqueles era feito uma correição de formiguinhas pretas enfileiradas. Aquele homem tinha uma felicidade enorme.

Quando o Laudelim e Pedro Orósio vinham transeúntes, caçaram jeito de desladear um pouco, porque tinha vez que o Coletor estava tão duro entertido nas somas, que até gemia e coçava a cabeça, e dava pena na gente, pois aquilo semelhava um afadigo de tarefa de cativo.

Mas, por dessa, ele Coletor mesmo foi quem se virou e sorriu.

— "Ó, o senhor, ó o das botas! Faz favor..." — foi o que ele invocou. O que, por mais, também era absoluto absurdo, porquanto nem Pedro Orósio nem o Laudelim, perfeitamente, não tinham nem calçavam botas nos pés. Mas então o Coletor passou a mão aberta em frente de seus olhos, feito se retirasse daquele espaço a lubrina de alguma visão outra, pelo que ele mesmo via estar errado. E mostrou o encifrado novo algarismal, que se produzia por metros e metros na face do oitão, era aritmética toda muito bem feita, sem tremor de mão, os números altamente caprichados. E ele, orgulhoso, muito se considerava. Os dois concordaram com o acerto de tudo, deram louvor. — "Estou pôdre de rico, pôdre de rico..." — o Coletor falou. — "Tomara agora eu saber o menos de fazer, com tanto dinheiro..." E retornava a numerar, não podia esperdiçar tempo. — "O que eu preciso é dum bom guarda-livro, de confiança... Acho que, depois da coresma, vou chamar ajuda..." A não regular, nem mesmo ele sabia em que éra do ano se estava. Por ultimamente, o Laudelim notou, quase que ele só assentava números maiúsculos, por render mais: os noves, oitos ou setes. E, de costas mesmo, sempre registrando, ele ponderou em voz: — "Frioleiras!..." Ih, ah, que aqui ele estava ficando com raiva. — "Frioleiras, baboseira! Fim do mundo... Já se viu?!" Virou a cara — avermelhado, aperuado. — "Por que o senhor não pegou aquele, à força, não derrubou pla porta a fora, da igreja, zero, zezero!?" Ele suspendia as sobrancelhas. — "Aquele, sim, o Santos-Óleos — diz-se que é o vulgo dele. Pois o senhor não investiu? Até não me esbarrou, lá dentro, ao pé do Sacrário?..." Botou mais um palmo de numeração, ligeiro, ligeiro. — "Fim do mundo... Fim do mundo... O cão! Agora que eu estou tão rico... Pois ainda nem acabei de pôr em competente firma todas as riquezas minhas, de meu possuído, p'ra depois poder só descansar e gozar... E aquele vem prenunciar o fim do mundo! Uma tana!..." Agora, escrevia mais festinho, a gente tinha de vir andando, beirando a Matriz, para o seguir. E só lançava — dizia o Laudelim — era noves, noves, noves.

Acabou quebrando a ponta do lápis; enfiou aquele toco na algibeira, foi logo tirando outro, bom. — "Uma tana! Mistifo do homem... Por meu seguro... Onde é que já se viu?! O rei-menino... Bom, isso tem, na Festa: um rei menino, uma rainha menina, mais o Rei Congo e a Rainha Conga, que são os de próprio valor... O rei-menino, com a espada na mão! E o cinco-salmão: ara, só se vê disso, hoje em dia, é na bandeira do Divino, bordado rebordado... Baboseira! Morrer à traição, hora incerta, de tremer as peles... Dôze é duzia — isso é modo de falar? O que vale a gente é as leis... Quero ver, meu ouro. Não sou o favoroso? Mais novecentos mil e novecentos e noventa-e-nove mil milhões de milhões... A Morte — esconjuro, credo, vote vai, cã! Carece de prender esse Santos-Óleos, mandar guardar em hospícios... Vê lá se a Morte vem vindo, daí da banda do Norte, feito coisa de Embaixador, no represento de festa de cavalhada? E caixa e tambor, quem estão batendo é essa gente do Sãtomé, à revelia... Cristãos sem

O recado do morro   67

o que fazer... Frioleiras... De que o Rei, pelos ermos, sete soldados, fidalgos e guerreiros da História Sagrada, e lapa de Belém, tudo por traição, dando conselho e companhia, ao pé da manjedoura, porque Deus baixou ordens... Novecentos milhões... Nove, seis e um — sete... Acabar? Posso dar meu juramento. Acaba nunca! Isso de mundo se acabar, de noite ou de dia, é invenção de gente pobre... Arrenego! Uma tana! Que seja p'ra o Capataz, e esta aqui p'ra o Malaquias!..."

Por assim, e quantos números compunha, o Coletor não esbarrava de resmonear o sermão do Nominedômine, sem-pés-nem-cabeça. Na pobre da ideia dele, ia levar tempo para se gastar aquilo. — "Vamos chegando, Pulgapé..." — chamou Pedro Orósio. Mas o Laudelim cismara tanto e tanto, enquanto estava ouvindo, seu rosto se ensombreceu, logo se alumiou ainda mais. Cá que não se esperava, ele propunha assim desses esquisitos. Ave, matutava. E mesmo, quando o Pedro Orósio o pegou pelo braço e ia levando, ele entreparou, asseteado, pé no ar. — "Isso é importante!" — disse. E pendurou cara, por escutar mais. — "...O extraordinário de importante... *Tremer as peles... Cristãos sem o que fazer... Quero ver meu ouro...* Um danado de extraordinário!..." O que? A tontaria do Coletor? Patarata! Mas, que é que se havia, se o Laudelim era mesmo assim — que dava de com os olhos não ver, ouvido não escutar, e se despreparava todo, nuvejava. Nunca se sabia de seus porfins. Ainda, ainda. E a-duro vinha vindo, mas quebrou para a banda da casa do Siô Tico, de onde se avistava todo o arraial, lá em baixo, e a várzea. — "Vou mais no cemitério não. Já achei..." Que era que podia ter achado? Se sentou debaixo do itapicurú, temperava o violão, apalpou as cordas. Com ele desse jeito, arredado crente, bôas horas de perdidas se podia ter. Melhor, mesmo melhor, era a gente ir aproveitar o oco do mundo noutra parte, conceder que ele ficasse ficando. — "Vai embora inda não" — ele pediu. O violão toava bem afinado. E perguntou: — "Por que é que você não desdiz dessa festa? Vem junto, se cantar..." "— Ah, não. Mulheres quero." O Laudelim mal ouvia. Relou as cordas, ponteando, silamissol cantava. Arrastou um rasgado. Pê-Boi se despediu. — "*O Rei menino*... Passagens fortes! *A toque de tambor*... Passagens fortes... Passagens fortes..." — o Laudelim deu resposta.

Aí, em tudo e por tudo de si satisfeito. Pedro Orósio passeou. Chefe que se chegou, aqui e ali, vendo bastante gente e com tantas pessôas proseando, ponto, falando e ouvindo disto e daquilo, duma coisa e outra; e mesmo, em sábado de festa, véspera do Rosário, o arraial não era tão pequeno assim.

Almoçou no Ji Antonho, na Rua-de-Cima, esse tinha duas carrocinhas e quatro burros, ultimamente andava tirando areia das beiras do da Onça e trazendo para revender — e era homem de caráter muito exato, contava estórias porcas, engraçadas, e tratava todos de "compadre". Filhas moças do Ji Antonho eram duas: Nelzí e Nilzí. Para se comparecer razoavelzim em tão bom almoço, Pedro Orósio foi buscar três garrafas de cerveja, que ofertou, por mais que o Ji Antonho falasse que não fizesse, que não carecia de tomar incômodo. Nelzí era a mais bonita. Com elas, quer dizer, com todo o pessoal, inteirado por outros pais e mães, e outros rapazes e moças, se veio até à Rua-de-Baixo, à estação — ver passar o trem-expresso que segue para o Sertão. Um dia tivesse de casar, mas mais tarde, podia mesmo ser com a Nelzí que ele havia-de. E mocinhas de fora compareciam, de mãos dadas, umas até eram de Araçá ou das Lajes, ele bem certo não estava. Todas tão bem vestidas, todas elas de novo. Era sorte que ele estava assim calçado de botinas, apertavam um pouco os pés, não fazia mal. As botinas era que pareciam grandes demais, maiores que as de todo o mundo. E daí? O que valia era estar com sua vida em

O recado do morro   69

ordem, e no perfeito da saúde. Da estação, entenderam de ir de visitas. Muita gente queria visitar com altas honras a Maria-da-Fé e o preto Zabelino, que iam ser os reais.

Mas, por umas três vezes, Pedro Orósio se encontrou com o Ivo Crônico, que vagueava. Até, sem querer mau juízo, mas parecia que o Ivo tomava conta. Sujo desse ciúme, causa das moças, azangando. Ainda bem, que agora estavam reavindados, em alegres falas. Mesmo o Hélio Nemes, que tinha sido o mais picado de todos. O Nemes, dito um dunga, felão de mau. Amém, medo, ah, isso, e de ninguém, ele Pê nunca sentira! Bastava se ver, pra saber. Receio de mazela, isto sim, de algum dia se enfermar de grave doença, não dar conta de cumprir seu trabalho para sustento, não ser mais querido das moças nem respeitado do povo. — "Oi, Pedro, como é que vai essa carcaça?" "— Banzando... E você, Jizé?" Zé Azougue era irmão do Martinho. Contavam que eles, com o pai, já falecido em Deus, uma vez tinham matado um homem, por conta de uma dívida atôa. E vinham passando uns vinte sujeitos, todos compostos nos trajes brancos e com os capacetes — era a Guarda Marinheira — amanhã haviam de dansar e cantar, rendendo todas as cortesias à Nossa Senhora dos Pretos. E a Nelzí se virava para ele e perguntava: — "Seu Pedro, o senhor não gosta de figurar?" "— Tenho graça nenhuma... Até iam se rir, por meu tamanhão..." — ele tinha respondido. A Nelzí era muito bôazinha. — "Pois eu gosto de pessôa alta. Acho que assenta bem, em homem..." Pê-Boi não se acanhava fácil: — "Muito agradecido, por suas bôas palavras..." Só não teve coragem foi de dizer "senhorita" — conforme pensou; era fino. A cabecinha da Nelzí não dava no ombro dele. A parte que ela falava: de sua vida em casa — gostava de fazer dôces, de cozinhar, os irmãos pequenos eram uns demoninhos de engraçados, o pai dizia que no carnaval que vem iam todos em cidade.

Pedro Orósio podia ficar muitas horas perto dela, até se esquecia das outras demais.

A festa era de pretos e brancos, mas mais dos pretos: já naquele dia eles espiavam os brancos com sobrançaria de importância maior — pois eram os donos da Santa. Carecia de mandar fazer um terno de brim novo, tirar do dinheiro para comprar umas duas ou três camisas, melhor das que têm bolsinhos. Não imaginava como era que alguém podia querer ser trabalhador de trem-de-ferro: guarda-freio, foguista, maquinista. Dansador de fama — o Juminiano, agora alguns tinham escrúpulo com ele, porque o pai dele morrera com mal-de-lázaro. O pior, quando se está em roda de pessôas, conversando com moças, é quando dá vontade de verter água, carece de arranjar desculpa, para sair de perto, pior então é quando a gente volta. Criatura para conversar fiado nunca falta: como é que um podia afirmar, em mês de agosto, se as chuvas do ano vão vir mais cedo ou mais tarde? Mulher-da-vida, quando passa na rua, em dia de festa, adquire um ar de sobre-dona, desdenha do alto as senhoras e moças-de-família. Por agora, no arraial, dava de estarem levantando muitas casas novas; mas, quando aquele movimento esbarrasse, quem é que ia comprar areia do Ji Antonho? E o que é que ele ia fazer das carrocinhas e dos burros? Ji Antonho dizia que era patrício, geralista também; aldemenos afirmava que era, dos Gerais de Andrequicé. Se os parentes dele, Pedro, no Veredão da Cúia, se eles ficassem sabendo que ele tinha ido até lá perto, nos Gerais, mas sem chegar nem aparecer, haviam de ficar pensando mal. Viajar era bom, mas por curto prazo de tempo. Se entre aquelas vaquinhas que pastavam ali no capim da Vargem, que alguma delas fosse brava, e quisesse bater, ele escorava a bicha, escornava e baqueava — salvava a vida daquelas moças todas, salvava mais era a Nelzí, e era uma imponência, todos tinham de ver, gabar e admirar. Para namoro, de noite é muito mais agradável do que de

O recado do morro 71

dia. Mais festivo, melhor de tudo, é em igreja — todos em seus lugares, o padre naquela solenidade de estado, o harmônio tocando, mulheres cantando; e a gente correndo com jeito o olho, era capaz de namorar com diversas, de uma vez. Quantos anos devia de ter a Nelzí? A Nelzí era a mais velha. Do Laudelim Pulgapé era que as famílias e as moças não queriam saber — diziam que era bandalho. Tocar bem um violão era a coisa que ele Pê mais invejava. Amanhã, devia de se apresentar para tomar a corôa, no giro de redor da igreja, agradecendo as bênçãos? Não fosse o rebuliço bom do dia, e o batuque determinado para de noite, dava vontade era de sentar os pés por aí, ir até em casa, via como por lá estavam as coisas, de tardinha mesmo já estava de volta, bem era capaz. Dia de domingo, mesmo não estando quente, a gente sente mais calor: calor e poeira estão só combinados de amarrotar e sujar a roupa da gente, em tudo se precisa de pôr atenção. E, ei, que aquele ainda não era bem dia-de-domingo, era só sábado de véspera, mas domingo parecia — todo o mundo revestido e passeando...

E ele felizmente tinha o assunto da viagem feita, para conversar. De seo Jujuca, sempre negocioso. Do frei Sinfrão, como folgazão rezava. O seo Alquiste? Era doutor, era sim. E doutor dos bons, de mão cheia. Homem importantíssimo. Queria até levar ele Pedro para seu ajudante, a fim de conhecer a terra dele, tão estrangeira. Dizia que lá o Pê podia ser soldado... — "Fosse eu, ia..." — falava a Nelzí, se via que por momice, leve de despique. — "Ah, isso não! Absolutamente... Não quero ficar tão longe das pessoas de que eu gosto..." — ele aproveitava para referir, olhando bem para ela, se pondo e repondo nesse olhar. Eh, bem que ele podia passar mêses e anos assim pertinho. A Nelzí era a cabeceira entre todas, senhorinhazinha, rainha de solertes formosuras, aquela merecia amor.

Mas, por cabo do dia, não podia ficar mais tempo. Aquilo ainda não era noivado, como para embroma, dando na vista: o que não é casório é falatório! Disse adeus, com pena. — "Amanhã o senhor vem?" Ah, amanhã ele estava. Supridamente.

Jantou no Tolendal, não podia ser ingrato com os amigos bons protetores. E o Florião estava lá, se conversou. O Florião tinha chegado, com o caminhão dele, vindo para a festa. Falavam na confusão daquela manhã, na trompagem do Santos-Óleos. E o Florião, por volta de meio--dia, tinha avistado aquele, cruzmente, despassado pela estrada — pelo menos a umas quatro léguas dali. — "O tal parece ia tirar algum pai da forca... Gritou: *Viva Deus, é o fim do mundo!* — e ainda espripipipou mais, envoado..." O diôgo, um desse, o coitado! Mais para graça não eram os panões enrolados nos pés, já se viu alguma vez disso? Mas, não — o Florião informava — quando o caminhão se cruzou com ele, decerto já tinha desmanchado e largado aqueles aparêlhos — pois assim mesmo demente andava, andava, quase corria, estava descalço de todo, seco, sério, sorteado. Que lugares enguliam um homem assim?

Falar nisso, o sino repicou, era hora da reza, noveneira. Outra vez o povo para a igreja. Pê-Boi também. Para a andadura dele, aquelas ruas e a ladeira eram menores. — "Eh, Pedro! Desta vez, não te largo. Despois, daqui, a gente ruma..." Era o Ivo. Que seja, por certo, estavam compalavrados. Enfileirada no adro, a turma dos Moçambiqueiros, completa, à luz da tarde. Da outra banda, a Guarda Marinheira, dava prazer ver o estique deles, cada um de queixo alto — nenhum não se ria. E já vinham chegando os Congos, a toque de rufo, pessoal do Tú e do Mascamole adiante. Aqueles ranchos todos porfiavam. E passavam muitas senhoras, levando para dentro suas crianças em branco, preparadas de virgens e de anjos. Só mesmo na hora em que os coroinhas do padre tangeram sineta, foi que esbarrou, a um tempo, de cá e de lá, o tungo e o vungo das caixas de couro. Ah, uma festa, com suas saúdes, era bôa estância, mesmo assim de véspera só.

O recado do morro

— A paz, agora vamos...

— Pois vamos. Qu' é de os outros?

— Estão esperando, no fim do bêco do Saturnino.

Ia porque ia, a bem dizer não tinha grandes vontades. Ao mesmo, enquanto durava a reza. Nelzí estava lá, na parte das mulheres, e ela olhava para ele, com sinceras doçuras. Aquela, só sim. A próprio, Pedro por ela desdeixara de namorar as outras. Somente, por habituação, olhara uma vez para a Miinha, clara, que estava na escada do coro. Uma vez, ou umas duas. E outras tantas para uma mocinha do Araçá, de vestido vermelho — disseram que a graça dela era Cândida. — "Bom, tão querendo, vamos..." Não queria ser discordioso. Mas, por primeiro, segundo o Ivo, careciam já de beber um cauim qualquer. Ah, e o Pulgapé? — "Temos de passar mesmo por defronte do hotel do Sinval..." Na saída, em ouso saudou a Nelzí, com aceno de cabeça. O mês de agosto, ainda anoitece depressa; fuscava. — "Pode sossegar, Pê, que lá também vai ter moça, e muitas... É baile de bom batuque, samba sapateado!" "— Vamos inteirar de ver." "— Mas, os princípios, a gente prova um acende-goela. Tu, bebe, bebe, Pedro: estou com uma garrafa aqui..."

O violão do Laudelim já desestremecia, ah, pinho assim na mão, prosa que é um reinado. E podiam entrar, também, caso quisessem. Queriam não, dali de fora mesmo, da janela, estavam em cômodo de escutar e ver, a demora deles era apoucada. — "Olha, a gente não deve de estabelecer, Pê. Por causa do bom caminhar que ainda falta..." — por baixo e por cima o Ivo de o puxar não esbarrava. Um raio de Ivo Cronhco, pago por molestar a perseverança da gente, poaia. Mas, dentro de sala, governava o Laudelim, Pulgapé bom amigo! — assentado importante entre as pessôas, impondo o aprumo de seu valor. Que é que ele cantava? Aí encerrava de dar o lundú da Gamela. Todos batiam palmas. Seo Alquiste lá tomava um copo grande de cerveja, limpava os cantos da boca com o guardanapo. Batia com as mãos, estrondoso. Punham cerveja para o Laudelim também. Ah, ele estava de grandarte! Agora, bom de já bebido, retomava o violão, desrasgava, trazia das cordas, principiava aquela trova tão formosa, canto retardado, que pespega só: ...*Serra, serra — serrania...* — dizendo a refrém. Ave de aprazível, aquilo geava.

Mas, de lá, aquele seo Alquiste, que era homem terrível para tudo enxergar, tinha feito reparo neles dois — no Ivo e no Pedro, cá fora. E seo Alquiste se alegrou, saudou grosso alto, chamou que entrassem, era preciso de se servir uma cerveja para eles. Seo Jujuca vinha insistir. Bom homem notável, o seo Alquiste. Pouco era o que ele falava em vulgar, mas assim mesmo alguma coisa se colhia. E o Laudelim tanto ficava satisfeito, de ver seu amigo cumprindo de vir, para ajudar a apreciar.

Assim ele cantava agora o lundú da Laranjinha — a pedido do seu Juca do Açude. Acabou — palmas. Seo Alquiste esvaziava de contínuo sua cerveja, e zas na caderneta, escrevendo, escrevendo. — *"Laudlim...* — dizia ele batidas vezes: — *Laud'lim... Lau'dlim... Laau-d'lim'm* — falava *Laudelim* assim, quiçá nos sentimentos dele fazia coisa que se estivesse tremeluzindo campainha. E mais escrevia. Tudo o que dos versos não era para ele poder entender, seo Jujuca transfalava todo o simples significado. A mor, quem ria, ria bem.

Aí, de arranco, deu seguida que o Laudelim mudou, cavalo de orgulhoso, estadeava. Afa, que o violão obedecia, repulando a teso, nas pontas de seus dedos, à virtude; com um instrumento fogoso tal, tal, em mesmo que ele podia tomar o espaço. Se via que vinha já o maior melhor, aos sons ele retombou a cabeça, carinhoso, seus olhos se fechavam.

— Que é que vem, Laudelim? — seu Juca do Açude indagou.

— Pobre coisinha minha, se licença me dão. Composição...

O recado do morro   75

Todos acenaram que sim, com atenções, que esperavam. Pulgapé pronto. Após que pigarreou, dedeou de esbarrondo, e meteu começo, com rompante, descantou:

> *Quando o Rei era menino*
> *já tinha espada na mão*
> *e a bandeira do Divino*
> *com o signo-de-salomão.*
> *Mas Deus marcou seu destino:*
> *de passar por traição.*
>
> *Doze guerreiros somaram*
> *pra servirem suas leis*
> *— ganharam prendas de ouro*
> *usaram nomes de reis.*
> *Sete deles mais valiam:*
> *dos doze eram um mais seis...*
>
> *Mas, um dia, veio a Morte*
> *vestida de Embaixador:*
> *chegou da banda do norte*
> *e com toque de tambor.*
> *Disse ao Rei: — A tua sorte*
> *pode mais que o teu valor?*
>
> *— Essa caveira que eu vi*
> *não possui nenhum poder!*
> *— Grande Rei, nenhum de nós*
> *escutou tambor bater...*
> *Mas é só baixar as ordens*
> *que havemos de obedecer.*

— *Meus soldados, minha gente,*
esperem por mim aqui.
Vou à Lapa de Belém
pra saber que foi que ouvi.
E qual a sorte que é minha
desde a hora em que eu nasci...

— *Não convém, oh Grande Rei,*
juntar a noite com o dia...
— *Não pedi vosso conselho,*
peço a vossa companhia!
Meus sete bons cavaleiros
flôr da minha fidalguia...

Um falou pra os outros seis
e os sete com um pensamento:
— *A sina do Rei é a morte,*
temos de tomar assento...
Beijaram suas sete espadas,
produziram juramento.

A viagem foi de noite
por ser tempo de luar.
Os sete nada diziam
porque o Rei iam matar.
Mas o Rei estava alegre
e começou a cantar...

— *Escuta, Rei favoroso,*
nosso humilde parecer:
..............................."

O recado do morro   77

Ainda mal que, por essa altura, Pedro Orósio tinha de sair lá fora, por força, já vinha não resistindo, se sentando no banco de meia-esguêlha; caçou formas de escapar sem percebido ser. Mas o Ivo segurou-o pelo paletó: que tal coisa não fizesse, que ficasse! Ah, não por isso, que até estava gostando apaixonado dessa cantiga, ela era de referver. Os belos entusiasmos! O que era, era que não conseguia, não aguentava mais. — "Diabo! Despois tu mija!..." — o Ivo cochichou ralhando. E o que era justo. Valia a pena, por tanta saboria de sonância, e o gloriado daquele descante, as grandes palavras. Valia mesmo, apertar as pernas uma na outra, e curtir a dura necessidade. O Ivo razão tinha.

Mesmo porque, por diante, o Laudelim percorria todo o viajar, com suas vicisses, e dava no vivo da estória cantada — com um sinalamento preto no céu, e a lua no redeado das árvores, e o rir do corujo vismáu, saído de sua gruta, que anunciavam a falsimônia. Triz e truz daí, era aquele desatamento, presto: o nefandório! Arre, al, que tudo fuzuava, no roldão de uma matança — quando os réus guerreiros investiam no Rei, de mão-comum, suas espadas. Nas champas delas o luar lampeava, contra todos os sete o Rei se defendendo, que esbravejava, acuado mas sem se entregar, ao longo choro do vento e na solidão dos campos — por força e armas!

Nos entres dos pés-de-verso, o Laudelim dava um acompanhamento dôce, de contraste, em diz pim-pim, feito os passarinhos madrugados. Aquela estória era terrível!

Mais. Cada que o Rei dava um urro, por ferido — era também um dos outros, que matado. Travante gritava que malditos fossem, por assim quererem apagar o rol de tantos benefícios dos palácios. Aí, então, eles careciam de ser bichos, de ódio. De vezvez defastavam e revinham, mais crús, sangue se via, de noite, o vermelho nas roupas semelhava preto. Uivavam. Desuso — que nem um estouro de boiada curraleira: tudo em estrondo e estraçalho. Mas a dôr no corpo do Rei ardia, por seus muitos bastantes talhos sofridos, de tanto sangue que perdia ia-se indo em cansaço, e do seu sangue mesmo precisava de aparar e rebeber, por não deixar o alento. Pedro Orósio já estava nas últimas. Mas aí o Rei matava o derradeiro sétimo, e próprio morria — na horinha de falecer via o escrito de sua velha sina, nos altos do céu...

Ainda bem que o Pedro ainda teve tempo de sair do salão, e chegar lá fora em prazo. Trasquanto os restantes batiam palmas, mais valentes do que das outras vezes: de entoar e acompanhar assim, o Laudelim merecia florão de cantador-mestre. Prazia.

Era o que pensava seo Jujuca, molhando cerveja na boca e atendendo às perguntas do senhor Alquist. Comovido, ele pressentia que estava assistindo ao nascimento de uma dessas cantigas migradoras, que pousam no coração do povo: que as violas semeiam e os cegos vendem pelas estradas. Até ao seu Juca, seu pai, ou mesmo a um sujeito rústico braçal, como aquele Ivo, ali defronte, se embaciavam os olhos, quase de cai lágrimas. — "Importante... Importante..." — afirmava o senhor Alquist, sisudo subitamente, desejando que lhe traduzissem o texto *digestim ac districtim*, para o anotar. Sem apreender embora o inteiro sentido, de fora aquele pudera perceber o profundo do bafo, da força melodiã e do sobressalto que o verso transmuz da pedra das palavras. E seo Jujuca pedia ao Laudelim que recantasse e acompanhasse em surdina, e ia explicando. Tarefa que se levava, pois o senhor Alquist queria comentar muito, em inglês ou francês, ou mesmo em seus cacos de português, quando não se ajudando com termos em grego ou latim. — "Digno! Digno! Como na saga de Hrolf filho de Helgi, Hrolf o Liberal: ainda era menino, quando Helgi morreu, e ele subiu ao trono da Dinamarca..." Referia: — "Ah, está em Saxo Grammaticus!

O recado do morro

Ou quando o outro, Hrolf Kraki, entrou na peleja: foi como um rio estúa no mar — ele simultâneo, a todo átimo pronto na espada, qual com os bífidos cascos o veado se atira... Está em Saxo Grammaticus..." E, nesse ardor, senhor Alquist limpava os óculos, e, tornando a entrar na sala o pobre do Pedrão Chãbergo, um capiau simplório, assim transvisto, sem outro destaque a não ser o da estatura — o senhor Alquist o admirava, dizia: *kalòs kàgathós*... O sertão tivesse mais uns assim.

E o Pedro vinha voltando, aliviado, caçava seu lugar em seu banco, dava com os olhos em seo Alquiste. Esse sorria, e para ele levantava o copo, à saúde, nas praxes. Dizia: — "Escola!..." E ele Pedro retribuía com o mesmo bom gesto, também já tornava a ter sede de cerveja, mais bebia. Nisso o Laudelim retomava a cantar a recém grande cantiga, para os frades ouvirem, pois frei Flôr e frei Sinfrão estavam chegando.

Num sempre se podia ficar escutando, sem fastio. Mas o tôo mesmo da trova se recebia na gente, teso em cheio, precisão de um se engrandecer, por meio de qualquer movimento — espiritação de romper, andar, caminhar. — "Eh, bom, vamos, Cronhco?" O Pê-Boi próprio ora convidava, em doença de se ir. — "Quero com vontade de dansar um recortado..." E o Ivo também se aluía, quase entre a-gosto e contragosto, reproduzindo: — "Em bôa razão. A pois, vamos." Mas o Ivo, em luzes assim, tinha que ficava com os olhos encarniçados, de cachorro que caçou onça. — "Tu bebe?" "— Se bebe!" Por bem, os dois saíam, sem menção de ninguém. Varavam pelas pessôas no sereno. — "Oi lá, Rijino..." "— Chama ninguém mais p'ra vir, não..." — baixo o Ivo recomendava. Laudelim descantava solene lá dentro, estribil, ele cantava continuado. A lua havia, grandada, clara. Eles passavam o comprido do bêco. Ainda vinha, a toada tarda. Passavam o bambuzal. "— Se bebe?" "— Bebe!" A cantiga adormeceu.

80   *João Guimarães Rosa*

Aí eis que ali, no Juajém, na última casa sozinha, na saída para o Saco-dos-Côchos, estavam todos os companheiros, por cerimônia de recongraça. — "Ara viva, Pê-Boi! Pedrão Chãbergo, velho!" Aqueles eram o Jovelino, o Martinho, João Lualino, o Zé Azougue, o Veneriano, o Hélio Dias Nemes. Pois, iam. Casa de luzinha, no campo, estavam tocando? Estavam dansando o bendengo. Todos o rodeavam, à feição de agrados: — "Amigos, ôi Pê amigo!" Pedro Orósio queria andar a fôlego, singular, com muita perna e muito braço, sem cuidando; daquela estatura de passo, nenhum com ele podia se emparelhar. — "Que é isso, gente? Tão me levando de charola? Deixa de enrôlo..." Todos davam a ele a confirmação do riso. — "Vamos ir, vamos determinar..." — o Ivo Cronhco falava, o Ivo era o cabecilho. Carecia de ordem, porque tinham estado bebendo. O Martinho vinha com uma lata com comida de farofa, comia dela com uma colher. O João Lualino tocava um reco-reco. O Veneriano pegou de ir na frente. Iam índio-a--índio. Pedro Orósio regozijava de caminhar de noite, debaixo de lua.

Entremente, ia cantando. Mal e mal, tinha aprendido uns pés-de-verso, aquela cantiga do Rei não saía do raso de sua ideia. Canta que canta, até o Ivo também, de falsete. E o Veneriano, que tinha bom ouvido, acompanhava, segundando. Era bonito, era bom. Pulgapé devia de ter vindo. Ao que se podia arejar, cabeça e o corpo ganhando em levezas. Gostava daquela música. Gostava de viver.

Ao sim, tinha viajado, tinha ido até princípio de sua terra natural, ele Pedro Orósio, catrumano dos Gerais. Agora, vez, era que podia ter saudade de lá, saudade firme. Do chapadão — de onde tudo se enxerga. Do chapadão, com desprumo de duras ladeiras repentinas, onde a areia se cimenta: a grava do areal rosado, fazendo pururuca debaixo dos cascos dos cavalos e da sola crúa das alpercatas. Ou aquela areia branca, por baixo da areia amarela, por baixo da areia rosa, por

O recado do morro   81

baixo da areia vermelha — sarapintada de areia verde: aquilo, sim, era ter saudade! O vivido velho dos vaqueiros, gritando galope, encourados rentes, aboiando. Os bois de todo berro, marruás com marcas de unha de onça. Chovia de escurecer, trovoava, trovoava, a escuridão lavrava em fogo. E na chapada a chuva sumia, bebida, como por encanto, não deitava um lenço de lama, não enxurrava meio rego. Depois, subia um branco poder de sol, e um vento enorme falava, respondiam todas as árvores do cerrado — a caraíba, o bate-caixa, a simaruba, o pau-santo, a bolsa-de-pastor. De lua a lua. Sempre corriam as emas, os veados, as antas. Sonsa, nadava a sucurijú. Tanto o gruxo de gaviões, que voavam altos, os papagaios e araras, e a maria-branca cantava meiguinha, todo aquele arvoredo ela conhecia, simples, saía pimpã do meio das folhas verdes com um fiinho de cabelo de boi no bico. Ar assim farto, céu azul assim, outro nenhum. Uma luz mãe, de milagre. E o coração e corôo de tudo, o real daquela terra, eram as veredas vivendo em verde com o muito espêlho de suas águas, para os passarinhos, mil — e o buritizal, realegre sempre em festa, o belo-belo dos buritis em tanto, a contra-sol.

Um homem chega à porta de sua casa, se rindo de si e escorrendo água, desvestia pesada a croça de fibra de palmeira bôa. E uma mulher moça, dentro de casa, se rindo para o homem, dando a ele chá de folha do campo e creme de cocos bravos. E um menino, se rindo para a mãe na alegria de tudo, como quando tudo era falante, no inteiro dos campos-gerais...

Ah, ele Pedro Orósio tinha ido lá, e lá devia de ter ficado, colhendo em sua roça num terreol — era o que de profundos dizia aquela cantiga memoriã: a cantiga do Rei e seus Guerreiros a continuar seus caminhos, encantada pelo Laudelim. — "Se bebe?" "— Toma mais não, Pê. A chega." "— Arre!"

Em ver, que tinham medo dele. Ah, tinham! Aquele Ivo Crônhico, ranheta, coçador de costa de mão; aquele Jovelino — eh, bronho, — metade de si mesmo! Aquele Martinho... Companheiros para ele? De muxoxo... Cabeçudo como esse Crônhico: pior que se meter o freio na boca dum ruim burro. E o Veneriano pé prancho, e o focinho do Martinho, e esse João Lualino assassinador de gente, todos eles. E o Nemes? Podia algum?! Súcia...

Deveras, tinham receio. Pois não era? Um exagero de homem--boi, um homão desses, tão alto que um morro, a sobre. Assim desmarcado, pescoço que não dobrava, braços de tamanduá, inchos de músculos, aquilo era de ferro — se ele estouvava, perigava qualquer sociedade, destruía as certezas. — "Escuta, gente. Escuta, Pê. Vamos determinar..." — falou o Ivo, quando pararam. — "O quê?!" "— Pedro Bergo, você tomou demais, você está esquentado. Então, melhor, reservar com a gente sua garrucha e faca, p'ra se guardar... Evita alguma distração que você tenha..." "— Ué, faz diferença?" "— Convinhável dar. O Ivo pode ter razão, Pê..." "— *Escola!*..." "— Escola o quê, Pê? Doideiras..." "— A que te... Tu sabe?!" "— Nome--da-mãe, não, gente! Paz..."

— "Pois canta!" — Pedro gritou, animante. — "*Escola!*..." Sobre sem sim, e andado, ele se sentia, estava grave. *Pê-Boi, Pê-Boi, Pê-Boi...* Caminhava. Cantava forte, do Rei, com a lua, pelas estradas, dos Guerreiros, das espadas, do violão do Laudelim. Bem, agora estava ali mesmo, indo para a festa, indo para sua casa, para lá do alto do Saco-do-Campo, outras encostas da vertente. Toda aquela serra subida, cheia de grutas e sumidouros — o dos Morcêgos, o da Lapinha do Geraldo, o do Brejinho, o funil da Pedra Bonita, o do Corgo do Cuba —, cheia de tratos onde ninguém pode pisar e o gavião-grande é dono. Conhecia ali, palmo e palmo, também era de muito terra dele, aqueles contornos. Toda parte,

O recado do morro

por lá, o corujão saía esvoaçado dum oco de lapa, pousava em ponta de pedra, dava gargalhadas — assim com luar a coruja branca depunha sombra. Quanta coisa que a gente não sabe nunca no escuro, sufocado: como o glude frio das minhocas da terra. Seo Alquiste soubesse? O frade sabia? Seo Jujuca? Ele Pedro Orósio tinha sua casinha — uma casinha pobre, com alpendre, entre umas palmeiras, terra bôa, de orecanga. Perto da Pedra do Boi, perto do recôncavo dos Monjolos, depois do Pasto dos Monjolos, depois do Capão do Pequí, rumo a rumo com o Limpa-Goela, onde tem o morrinho, um cruzeiro e um bananal, indo pelo espigão da Ponte-Seca... *Grande Rei, a tua sorte — pode mais que o teu valor?*

Pedro Orósio esbarrou. As botinas o maltratavam. Sentou no chão, se livrou. Deu ao Ivo as botinas, para levar. *Grande Rei, a tua sorte...* Daí, se remantelou em pé, calcou bem a terra, sapateou um tanto. *Grande Rei...* Tinha ido e tinha voltado, por aquelas todas fazendas — desde o Apolinário: o Marciano, no caminho das boiadas do Norte; a Nha Selena, numa belavista, fim de serra; o Nhô Hermes, na Capivara; a dona Vininha, tinha aquela moça tão alva; o Jove, donde quebra para as boiadas que vêm do Urucúia e do Abaeté... Eh, Ivo Crônhico, carrega minhas botinas! Ele, Pê, era o Rei, dono dali, daquelas faixas de matas, verdes vertentes, grandes morros, grotas cavacadas e lapas com lagôinhas, poços d'água. *Mas é só baixar as ordens, que havemos de obedecer...* Aí entrar outra vez dentro da Gruta, a Lapa Nova do Maquiné — onde a pedra vem, incha, e rebrilha naquelas paredes de lençois molhados, dobrados, entre as rôxas sombras, escorrendo as lajes alvas, com grandes formas e bicos de pássaros que a pedra fez, pilhas de sacos de pedra, e o chão de cristal, semelha um rio de ondas que no endurecer esbarraram, e vindas de cima as pontas brancas, amarelas, branco-azuladas, de gelo azul, meio-transparentes, de todas as cores, rindo de luz e dansando, de vidro, de sal: e afundar naquele bafo sem tempo, sussurro sem som, onde a gente se lembra do que nunca soube, e acorda de novo num sonho, sem perigo sem mal; se sente.

Que desse as armas, por guardar, que era mais assisado — o Ivo fechou mão nisso. — "Uma osga!" Pê-Boi não queria saber de embusteria. — "Cuida das botinas, amigo, que eu quero é festa!" Queria cantar. *Vieram todos de parelha... O Rei... E em eles tremeram peles... A sina do Rei é avessa...* O Rei dava, que estrambelhava — à espada: dava de gume, cota e prancha... "Remeteram com a fortaleza..." Aí então os Sete matavam o Rei, à traição. Traição... Caifaz... Parecia coisa que tinha estado escutando aquilo a vida toda! Palpitava o errado. Traição? Ah, estava entendendo. Num pingo dum instante. Olhou aqueles, em redor. Sete? Pois não eram sete?! Estarreceu, no lugar. Soprou. — "Doidou, Pê? Que foi?" Traição, de morte, o dano dos cachorros! — "Pois toma, Crônhico!" — e puxou no Ivo um bofetão, com muito açôite. Estavam na ponte do Ribeirão da Onça. — "E que foi, gente? Que foi?" Ele cresceu.

Ouviu o que o Nemes e os outros gritavam:

— Pega, mata logo, gente, o bruto já desconfiou! Melhor matar logo...

— Aperra! Atira!

— Agarra!

— "Morrer à traição? Cornos!" Foi foi uma suscitada, o Pedro se estabanando. Espera! Zape, pegou o Ivo, deu com ele no chão, e já arrependia o Maninho no parapeito, o arcou, rachou-o. E vinha no Nemes, de barba a barba com, e num desgarrão o Nemes era achatado. — "Toma, cão! Viva o Nomendomem!" Uns com os outros se embaraçando, travados, e Pê com medonhos gritos moronava por de entre

O recado do morro

eles, beligno — eh, Rei, duelador! — e mal o Lualino gambetava, quem levava o impeito era o Veneriano, despejado lá em baixo, nos poços, e a cabeça do Zé Azougue sucedia como um ovo debaixo dum martelo, e o Lualino fugia longe, numa raspada, o Jovelino caçava de se esconder, o Ivo gritava! E Pedro Orósio, num a-direita, pisava o Jovelino, metia o pé; o Ivo gemia, não aguentava o agarre. Os outros, não havia mais. Então Pê-Boi suspendeu o Ivo no ar, vencilhado, seguro pelo cós, e tirou da bainha a serenga, e refou nele uma sova, a pano de facão, por sobra de obra. Daí, trouxe a cara do Ivo a olho, esse tremia, fino, fino. E quase tornado a si de sua surreição, Pedro Orósio se recompunha, menos exato, perto de rir. Conforme ainda perguntou:

— Que foi, Crônhico?

— "Perdão... Perdão..." — o Ivo mal gemia, em desgovernos, e apertava fechados os olhos. Pê-Boi riu:

— Terei matado algum? — perguntou, balançando o Ivo mansamente. — Cachaças...

Mas o Ivo agora arregalava os olhos, e tanto tremia, mole e sujo, que nem uma coisa, bichinho, um papa-coco ou um mocó. Com asco, com pena, então o depositou, o depôs, menino, no centro do chão.

Daí, com medo de crime, esquipou, mesmo com a noite, abriu grandes pernas. Mediu o mundo. Por tantas serras, pulando de estrela em estrela, até aos seus Gerais.

Nota

Em 1952, João Guimarães Rosa empreendeu uma excursão em Minas Gerais numa comitiva de vaqueiros. Após seu retorno ao Brasil no ano anterior, depois de ter trabalhado como diplomata no continente europeu, o mergulho que projetou no interior do sertão mineiro configurou-se numa experiência de extrema relevância para os caminhos do escritor em seu ofício criador.

Ao longo do percurso, Rosa adentrou no âmago do cotidiano dos povoados que visitou. Conversou com as pessoas que encontrava pelo caminho, ouviu seus causos e suas cantigas, sentiu os cheiros e escutou os sons dos campos e das matas, atravessou morros, rios, lagoas, cachoeiras, sempre anotando o que havia ao seu redor. Em sua lida de ficcionista, o escritor nutria-se das manifestações de vida mais singelas que seu faro sensível identificava, como bem confessou em entrevista a Günter Lorenz, em Gênova, na Itália, em janeiro de 1965:

> Quando escrevo, não penso na literatura: penso em capturar coisas vivas. Foi a necessidade de capturar coisas vivas, junta à minha repulsa física pelo lugar--comum (e o lugar-comum nunca se confunde com a simplicidade), que me levou à outra necessidade íntima de enriquecer e embelezar a língua, tornando-a mais plástica, mais flexível, mais viva.

E a imersão de Rosa no universo sertanejo visando apreender seu mundo repleto de vida acabaria sendo de suprema valia para a escrita de obras como *Grande sertão: veredas* e também *Corpo de baile*, do qual o conto "O recado do morro" faz parte. O conto concebido pelo escritor trata de uma viagem realizada pelo naturalista estrangeiro Alquiste, pelo religioso frei Sinfrão e pelo fazendeiro seo Jujuca, feita na companhia do guia Pedro Orósio e de Ivo Crônico. A jornada empreendida por eles é recheada de encontros e alumbramentos com as pessoas e com as paisagens que cruzam seus caminhos. Transitando por estradas e fazendas, o grupo trava conversas com pessoas ao longo do percurso, que acabam por transformar a imagem que possuem acerca do mundo e de si. Há que se atentar que o conto trata não só dessa experiência de deslocamento, mas também de uma travessia de outra natureza: a da transmissão e recepção de um recado. Emitido a partir do Morro da Garça, monte situado na região central de Minas Gerais, um enigmático recado chega aos ouvidos do grupo de viajantes. Tal mensagem a partir dali segue seu caminho, espraiando-se e ganhando novas potências.

O texto aqui presente tomou como base a terceira edição de *No Urubuquaquá, no Pinhém*, publicada pela Livraria José Olympio Editora em 1965, livro que seria parte do desmembramento solicitado por Rosa do volumoso *Corpo de baile*. Procurando conservar a inventividade da linguagem criada por Guimarães Rosa, o texto foi revisto de forma cuidadosa, atualizando, de forma pontual, a grafia das palavras e acentuações conforme as reformas ortográficas da língua portuguesa de 1971 e 1990.

A leitura de *O recado do morro* instigará o jovem leitor a ficar com seu ouvido atento às vozes que emanam das linhas magistrais de mais esta estória finamente tecida por Guimarães Rosa, um exercício que o levará a trilhar seus próprios caminhos e a se comunicar de maneira plural com o mundo onde vive.

Os editores

Sobre o autor

João Guimarães Rosa nasceu em 27 de junho de 1908 em Cordisburgo, Minas Gerais, e faleceu em 19 de novembro de 1967, no Rio de Janeiro. Publicou em 1946 seu primeiro livro, *Sagarana*, recebido pela crítica com entusiasmo por sua capacidade narrativa e linguagem inventiva. Formado em Medicina, chegou a exercer o ofício em Minas Gerais e, posteriormente, seguiu carreira diplomática. Além de *Sagarana*, constituiu uma obra notável com outros livros de primeira grandeza, como: *Primeiras estórias, Manuelzão e Miguilim, Tutameia — Terceiras estórias, Estas estórias* e *Grande sertão: veredas*, romance que o levou a ser reconhecido no exterior. Em 1961, recebeu o prêmio Machado de Assis da Academia Brasileira de Letras pelo conjunto de sua obra literária.

Conheça outros títulos de João Guimarães Rosa

Primeiro livro de Guimarães Rosa publicado, *Sagarana* é composto por nove contos que apesar de independentes estão entrelaçados entre si. Há semelhanças como os cenários característicos do sertão e as personagens que enfrentam um embate existencial entre o bem e o mal. Vemos o uso da escrita para transmitir mensagens universais, ao mesmo tempo em que bebem das narrativas tradicionais e alinham-se às experimentações da literatura moderna com a criação de expressões próprias, esses contos apresentam várias formas de narrativas arcaicas enraizadas no imaginário do sertanejo.

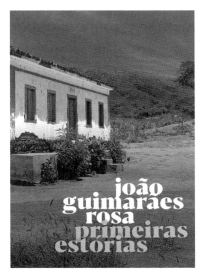

Em *Primeiras estórias*, Guimarães Rosa constrói narrativas curtas que tratam de matérias diversas da experiência humana, como a busca da felicidade, a necessidade do autoconhecimento e as maneiras de se conviver com a inevitável finitude da vida. Estórias tecidas com maestria, que se desenrolam em um território situado à margem da civilização moderna, compondo enredos que mesclam o real e a ficção, e que deixam espaço para os leitores refletirem sobre seus destinos.

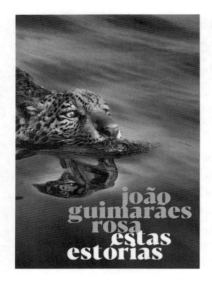

Estas estórias reúne nove contos bastante diferentes entre si, com tons e estilos diversos, mas, com a busca de Guimarães Rosa por desvendar o grande sertão no olhar do outro, e com o outro. Essa aparente desvinculação entre os contos oferece ao leitor uma rica possibilidade de descobrir seu próprio caminho de leitura. São estórias em que prevalece a preferência por uma linguagem incomum e pelo insólito das situações narradas e por isso mesmo encantam.

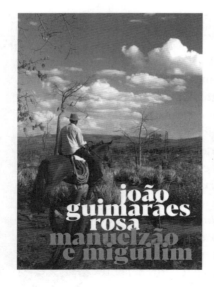

Em 1956, Guimarães Rosa lançou o livro *Corpo de baile*, reunindo em dois volumes sete histórias, posteriormente, divididas em três títulos autônomos: *Manuelzão e Miguilim*, *No Urubuquaquá, no Pinhém* e *Noites do sertão*. *Manuelzão e Miguilim* é composto pelas novelas "Campo geral" e "Uma estória de amor", que combinam com perfeição a oralidade do interior com temas filosóficos universais, como o crescimento e a lembrança dos acontecimentos passados da vida. São duas novelas que se complementam como histórias de um começo e de um fim de vida: a infância e a velhice.

No Urubuquaquá, no Pinhém é composto de três histórias: "O recado do morro" é a história de uma canção que vai sendo formada durante uma expedição pelas serras de Minas e revelando o destino de Orósio, o guia. "Cara-de-Bronze" narra a chegada de um forasteiro à fazenda do Urubuquaquá que se esforça para compor, com os depoimentos fragmentários dos vaqueiros, o retrato do velho fazendeiro apelidado Cara-de-Bronze. "A estória de Lélio e Lina" é uma história de amor de Lélio e Dona Rosalina, Lina, a quem, pela leveza dos gestos e o brilho da voz, Lélio confunde com uma mocinha apanhando gravetos na estrada.

Publicado em 1956, *Noites do sertão* é o terceiro volume do *Corpo de baile*. Composto de duas novelas, a primeira é "Dão-Lalalão" que conta a história do vaqueiro Soropita, valentão responsável por muitas mortes, que se apaixona por Doralda. Ele a tira da vida do bordel e se casa com ela, mas com o passar dos anos, passa a ter cada vez mais medo de que algum de seus antigos companheiros a reconheçam. A segunda novela é "Buriti", em que se tem o reaparecimento do personagem Miguilim, e narra a história dos habitantes da fazenda Buriti Bom e daqueles que por lá aparecem e as mudanças que ocasionam na vida uns dos outros.

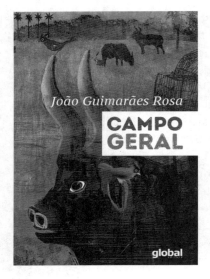

A infância é o tempo de descobertas. É a fase da vida em que o ser humano recebe e retribui os sentimentos à sua volta com maior vigor e integridade. Com Miguilim não é diferente. Os leitores de *Campo Geral* naturalmente se envolvem e se emocionam ao tomar contato com as impressões e conclusões do menino sobre o mundo que o cerca. O convívio familiar, o cultivo das amizades, a dura vida no sertão e a necessidade incontornável de encarar os desafios que a condição humana apresenta são elementos centrais desta narrativa.

Conto que encerra o livro *Sagarana*, *A hora e vez de Augusto Matraga* traz a história de um sertanejo acostumado a se impor pela força em seu cotidiano, homem cruel que acaba por conseguir dar uma reviravolta na própria vida, mas afinal se vê em luta contra o seu instinto. Nhô Augusto é a perfeita síntese do mandonismo local que se fez presente em tantas cidades brasileiras durante o século XX. Manejando de forma magistral o dilema universal entre o bem e o mal, João Guimarães Rosa construiu um enredo surpreendente.

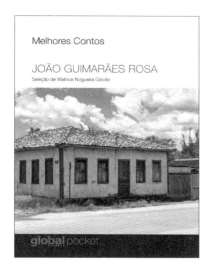

Essa coletânea inclui os principais contos do escritor mineiro João Guimarães Rosa, como "Meu tio o Iauaretê", "Desenredo", "A menina de lá", "A hora e vez de Augusto Matraga" entre outros. Além disso, traz como introdução o estudo "A voz da saga", no qual a pesquisadora Walnice Nogueira Galvão divide a obra em quatro eixos: a metalinguagem, a perquirição do outro, o humor e a progressão do narrador. Os contos, que abordam a vida sertaneja junto a inovações linguísticas e estéticas, estão distribuídos por eixo de modo a facilitar ao leitor o olhar para as linhas mais características de cada conto.

Esse livro traz o conto "O burrinho pedrês", que compõe com outros contos a obra *Sagarana*, um clássico de João Guimarães Rosa. Em *O burrinho pedrês*, acompanhamos as aventuras de Sete-de-Ouros, o burrinho que dá título ao conto, e a trama entre os vaqueiros que, além de precisarem fazer uma dura travessia, se desentendem por disputas e ciúmes. Com a inteligência de um idoso, o burrinho nos conduz a um final surpreendente.